GAEA

Gaea

The Immortal Gene
月與火犬
13 神與魔之戰
星子 teensy——著
Izumi——插畫

月與火犬

目錄

CH01 美人魚

寬闊潔白的地底實驗室一角，聚集著十數名研究員，他們的視線都集中在前方大尺寸電視上播放的即時新聞——

正發生在海洋公園的這場聖戰的即時轉播。

研究員們大都神情茫然地盯著螢幕，僅有少數人員見到了自己參與研發的怪物出現在畫面上時，會略顯得興奮些。

一名研究員扠著手、神情疲憊，像是不願繼續觀看這場早已編排好的大戰戲碼，爲了準備這場聖戰，地底實驗室裡所有人員已連續加班數週，配合袁唯的喜好調整主要登場戰士們的身體能力甚至是外貌——

聖泉一方的提婆、天使阿修羅，甚至是夜叉團等戰士們，不僅膚色較以前白皙，便連面貌都比以往慈眉善目許多，目的是凸顯袁唯正義之師與康諾奈落魔軍彼此間形象差距。

那研究員來到一處數十坪大小的休息區域，揉著痠疼僵硬的肩頸，取下頸上掛著的識別證，他的識別證編號是「A017」。

這休息區域美麗而雅緻，如同頂級咖啡廳般，其中一側牆是整面水缸造景，裡頭是大大小小的熱帶魚和一條美人魚。

美人魚的名字叫「喬安」，觀看喬安在水缸中悠游，是這地底實驗室裡大多男性研究員的重要休閒之一。

這編號「A017」的研究員和其他男性研究員一樣，喜歡盯著喬安雪白的胸脯和美麗的容顏，但比起其他研究員，A017停留在這處休息區域中的時間，卻多出其他人太多。

他愛上喬安了。

A017是這地底實驗室裡的一名中低階主管，手下有十來名研究員，工作能力佳、人緣也好，當他漸漸流露出對喬安的奇妙愛意時，其他男性研究員也識相地減少盯著喬安身體的次數——至少與A017同在這個地方的時候是如此。

在這地底實驗室的研究人員，大都長居在此，某些研究員在外地已有家室，有些研究員在這兒認識了另一半，也有些研究員和A017一樣單身，但他們大都擁有專屬的「女僕」和「男僕」，這是高層主管給予這些研究員的特別優待，讓這數百名研究員能夠長期留守在地底盡心盡力，便連在外地有家室的研究員，也都有專屬侍僕，有些高階主管甚至擁有三到五名侍僕。

這地底實驗室有專屬的宿舍樓層，供這些研究員以及其所屬侍僕居住。

但A017放棄擁有一名女僕的權利，他將全部的心思都放在喬安身上。

「妳放心，有一天我會帶妳離開這裡。」A017坐在巨大水缸正前方一張單人沙發上，盯著水缸中的喬安喃喃自語。「妳感受到了，對吧。」

A017起身，來到水缸邊，在距離喬安極近下伸出手掌，將手掌貼在缸壁上，這個動作他曾經反覆做過數百次之多，大多時候會引起喬安的注意，進而朝他微微一笑，或是搖搖手，偶爾在極少數的時候，喬安會游近缸邊，將手也伸出，與A017手貼著手一會兒。

若能得到喬安這樣的反應，A017會開心好幾天。

不知怎地，這幾天A017總覺得喬安似乎和往常有些不一樣。

說不上來究竟是哪裡不一樣。

喬安赤裸的身子和雪一樣白，即便在水缸裡、在昏黃的光線下，她的白都是那樣的醒目和耀眼，但這幾天A017發覺喬安的臉上、胸口有時微微透出紅暈，起初他以為喬安病了，但負責管理水缸生物的研究員在替喬安進行了身體檢查後，說喬安不但沒病，且身體機能比往常更加健康。

A017也感到這陣子喬安對自己搖手的時間比過去略長了幾秒，對自己的微笑也比過去燦爛一些，甚至他感到喬安看向自己的眼神，似乎都帶著淡淡的激情和感性。

「我感覺得出來，妳終於明白我的心意……」A017將手掌按在缸壁上，愣愣望著喬安。「我是那麼地愛妳，我好希望永遠、永遠陪伴在妳身邊……」

「妳放心，我會更加努力讓長官們認同我、我會替我們爭取到一個更大的房間，在房間裡準備一個專屬於妳的美麗水池，到那時候，我們就能長長久久地在一起了，喬安……喬安，告訴我，妳願意……」

「喬安……」A017口唇顫抖地自語半晌，將兩隻手都貼在了缸壁上，望著距離他數公尺、遠倚在一只大貝殼上的喬安。

喬安看著他，對他露齒笑了笑，跟著對他搖了搖手。

「喬安、喬安！」A017眼睛睜得更大了，呼吸也更加急促，他覺得自己的猜測沒有錯，喬安對他的反應比以往熱絡許多。

「快來、快過來，喬安！」A017激動地呻吟起來：「將妳的雙手貼在我的雙手上，我們心靈相通，對不對，喬安？」

「等這次……聖戰結束後，我立刻就向上司提出申請更換房間，不……就算、就算沒辦法更換，我只要在房間裡準備個大澡盆，妳一樣可以睡在裡頭……到時候、到時候，我們……可以……我會好好疼妳，我……」A017陶醉地將整張臉貼在缸壁上磨蹭，似乎已經在計畫要購入哪款型號的大澡盆般，突然，他隱隱聽到一陣咕嚕咕嚕的氣泡聲。

他呆了呆，將臉退開，只見喬安仍倚在那大貝殼旁，她的神色有些不自在，雙眼望著水缸深處某個角落，那兒是一處造景假山，生著茂密的水草，在水草後頭是一支直徑約莫七十公分的粗管，管口處加裝了金屬柵欄，這管口便是水缸排水系統的抽水口。

「怎麼了，喬安？」A017不解地望著喬安，不停看看喬安，又看看那抽水口方向，他再次將耳朵貼上缸壁——

咕嚕、咕嚕嚕、咕嚕咕嚕、咚隆咚隆。

怪異聲響愈漸加大，且A017清楚見到那抽水口附近的水草，開始不正常地激烈抖動起來。

「咦、咦，怎麼了?」A017訝然地後退兩步，跟著上前拍了拍缸壁，說：「喬安，妳別怕，我現在就去找人幫忙。」

喬安突然游向缸壁。

A017愣了愣。

喬安將兩隻手按在缸壁上。

「喬安……」A017連忙將雙手也按在喬安雙掌位置上，喃喃地說：「發生了什麼事?喬安?那邊……我去找人幫忙看看……」他注意到抽水口方向那水草，震動得太不自然了，且此時即便未將耳朵貼在抽水口處，也能明顯聽到一陣又一陣低沉的震動聲。

像是在拆卸著什麼東西一般。

當A017想要轉身求助時，喬安便驚恐地連連搖頭。

「喬安?」A017不解地問：「妳要我別走?妳要我留下來陪妳?好……好好我一定陪妳，我不願離開妳，但是、但是……」他說到這裡，又望向那抽水口，那兒渾濁騷亂、底砂旋動噴濺，A017更訝異了，他張大嘴想要喊人，但尚未開口，便聽見缸壁上發出咚咚聲響。

是喬安以指節敲擊缸壁，她伸出食指，在缸壁上緩緩比劃挪動起來。

「妳……」A017瞪大眼睛，看著喬安指尖痕跡，說：「寫字？喬安妳會寫字！天啊，妳有話想對我說，對不對？妳寫、妳快寫，我仔細看！」

A017此時全副心神都放在喬安指尖在缸壁上的滑動，再也無心顧及任何事。

「門？咦？」A017望著喬安的指尖，看出她寫了個「門」字，又在「門」字裡頭補上幾劃，他搖搖頭問：「門？問？啊，是『閉』！閉？」他這麼說時，抬起頭，見喬安抬手指了指自己眼睛，且將眼睛用力閉了閉。

「喬安，妳要我閉上眼睛？」A017用力眨著眼睛，既好奇又亢奮地說：「妳想給我什麼驚喜嗎？我該在什麼時候睜開眼睛呢？」

A017有滿腹問題想問，但他見到喬安微微皺眉，用哀求的神情指著她那美麗雙眼，且大大眨了幾下時，這才連忙將眼睛閉上。「好！我閉、我閉上眼，喬安，不論妳說什麼我都照做！」

磅！隆隆隆——

咕嚕嚕嚕嚕、呼嚕嚕嚕嚕——

在一陣沉悶的震動聲後，跟著是一陣又一陣的氣泡聲，A017心裡的疑惑激升到極點，但他一點也不敢睜開眼睛，喬安第一次試圖和他溝通、第一次對他露出哀求的眼神，所造成的心情激盪，完全抑制了A017平時的精明幹練。

此時此刻，他站在距離巨大水缸不到三十公分的地方，雙掌按在缸壁上，雙眼緊緊閉著，他看來像是個等待揭開聖誕禮物的孩子般，一動也不敢動。

咕嚕嚕嚕——

呼嚕嚕嚕——

叩叩、叩叩叩叩——

一小串敲擊聲令A017身子不由自主地震動起來，他嚷嚷地喊：「喬安？是妳叫我？妳要我睜開眼睛了嗎？哈哈，我們剛剛並沒有約定睜開眼睛的暗號，我怕我提早睜開了眼睛吶，喬安、喬安，妳聽得到我說話嗎？妳明白我的意思嗎？這樣好了，妳要我睜開眼睛，妳就敲三下、三下就好了，知道嗎？」A017將自己的身子整個貼在缸壁上、讓嘴巴貼著缸壁說話。

叩叩、叩叩叩叩叩叩、咚咚咚、呵呵、嘿嘿嘿——

水缸內的聲音紊亂吵雜，那缸壁敲擊聲也毫無邏輯，那節奏聽來就像是個拿著湯匙亂敲桌子的野孩子般，喬安像是完全沒有聽進A017的提議。

碰——

一聲突如其來的巨大撞擊聲，將A017嚇得彈開老遠，令他本能地睜開眼睛。

A017睜大了眼睛、張大嘴，只見到一坨怪異莫名的東西，像塊蚵仔煎般地貼在缸壁上，那東西形狀古怪、軟軟黏黏，體態有些像是海中的軟體動物，卻又生著一雙賊不溜丟的頑劣眼睛，和他大眼瞪著小眼，眼睛下方還有一張嘴巴，嘟嘟囔囔地不知在說些什麼。

一條自軟黏身軀上延伸出來的觸手，抓著一柄小刀，以刀柄不停敲著缸壁——是糨糊。

糨糊身後，是一隊穿著黑色潛水衣的隊伍，以及一批大魚小魚。

這是寧靜基地和深海神宮的聯合突擊隊。

喬安的身影在糨糊身後升起。

陪伴在她身邊的是另一隻人魚。

是一隻俊美的男性人魚。

他們手搭著手，彼此深情凝視對方，跟著擁抱，然後深吻。

「——」A017像是看見世上最恐怖的東西般張大嘴巴卻叫不出聲音、像是要將恐怖畫面揪出腦袋般地揪著自己的頭髮。

喬安在那男性人魚帶領下，游繞到一處造景假山底部，雙手緊緊攀著假山上凹陷處，神情緊張。

一名神宮蝦兵伸手一揚，十數隻野狗大小的卡達蝦，緩緩游到巨大水缸四周角落，挺起大螯、螯鉗一張，再猛地閉合——

磅！

那頂天齊地寬達十數公尺的水缸缸壁霎時轟隆炸裂。

大水激沖爆洩，瞬間淹過整個休息區域，一浪浪地往休息室外沖。

「怎麼了？」「發生什麼事？」外頭辦公區域、數間研究室騷動起來。

「這……這一定是……」A017在大水激沖下，翻了幾個滾，癱浸在水裡，雙手揪著頭髮，扯開喉嚨大叫：「這是夢吧，我肯定是在作夢，喬安、喬安她不會這樣的……」

「我抓到笨蛋變態了！」糨糊衝出水缸，唰地甩出黏臂，一把捲起A017，轉頭奔向守在抽水口旁的莫莉，大叫大嚷地說：「莫莉，你們剛剛說的笨蛋變態就是他嗎？是不是他？」

此時那抽水口上的金屬柵欄螺絲已給卸下，莫莉忙著協助更多寧靜基地成員和深海神宮蝦兵自那抽水口出來，也沒理會糨糊。

喬安和男人魚各自伸出一手，搭著假山，另一手緊緊互擁著，假山底下幾處入水口，則湧出大量海水，沖過喬安和男人魚的身子，持續往缸外沖流。

「大家聽好，按照計畫，我們現在位置在地下四樓的A點，袁安平在地下三樓B點位置，濕婆『備料』在地下一樓C點位置！」田綾香大聲指揮，攻入休息區域裡的寧靜基地成員，紛紛自隨身包裹中取出經過防水處理的小冊子，那小冊子裡繪製著這地下實驗室的簡易地圖。

「狄念祖大約在十分鐘後，會抵達地下二樓D區，那裡是地底實驗室的電腦機房。」田綾香繼續說：「他需要三十分鐘的時間破解冰壁；我們的任務則是找出袁安平和濕婆備料，等狄念祖取得地下實驗室控制權，再一同展開第二階段撤退計畫！」

「衝鋒隊開路——」與墨三同爲康諾左右手的傑夫，揚起他那瘦長且怪異的手，高聲下令。「別忘了我們的原則，若非必要，不可殺人！」

「傑夫，這點我和你看法不同，在非常時刻，得用非常手段。」田綾香淡淡一笑，從防水腰包中取出一柄手槍，上膛，對著身後寧靜基地成員，招了招手。「出發。」

「田、田小姐，妳……」傑夫瞪大眼睛，緊跟在田綾香身後，揮著手說：「別這樣，我們和聖泉不同，這也是康諾博士當初離開聖泉的原因。」

「康諾博士把你們這些水中朋友造得太善良了，千萬別忘了你的對手是人。」田綾香笑著搖搖頭。「人是很壞的。」

田綾香來到門邊，見到外頭騷動一片，傑夫派出的衝鋒隊中有卡達蝦、電鰻，也有人形蝦兵。

卡達蝦泅在淺水中衝在前頭，襲擊聖泉研究員浸在水中的雙腿，將那些研究員擊倒跌地；電鰻隨即捲上他們的頸子，電擊他們的頸椎，將之電暈；人形蝦便會替他們口鼻罩上特製的呼吸口罩，那些口罩外圍著一圈小型軟體動物，會黏著研究員的臉，讓他們在昏厥的狀態裡不至於被灌入的海水淹死。

田綾香剛踏出門外，便對著一群擠在螢幕前，持著椅子抵抗卡達蝦的研究員們連開三槍，分別擊中兩名研究員大腿和臀部，田綾香厲聲大喊：「不想死的蹲下！」

那批研究員們紛紛蹲下，田綾香轉頭對著人形蝦兵們說：「給他們幾個口罩，想活的自己會戴上，這是戰爭，不是園遊會，我們是戰士，不是保姆！」

「快戴上口罩，水很快會淹滿這兒──」傑夫見田綾香開槍毫不留情，連忙上前擋在那群研究員前頭。

田綾香也不理會傑夫，她一跛一跛地帶頭指揮，衝鋒隊和寧靜基地成員立時兵分多路，攻向目標區域。

地底實驗室裡有數百只水缸，有些作爲存放實驗水生動物之用、有些則作爲觀賞之用，這些水缸與地上飼育場的水槽，都透過同一套排水系統，二十四小時更換新鮮海水。

這休息區域的展示水缸十分巨大，其排水管路也大得足以讓成人鑽過，因此成爲寧靜基地與深海神宮成員的主要攻擊入口。

只見大水缸的出水口仍不停洩出大量海水，排水口也持續擁出一隊隊神宮士兵，莫莉、高霑、林勝舟等寧靜基地成員，守在水缸排水口處，協助指揮那些神宮士兵，跟上外頭的突擊行動。

「喬……喬安……」那被糨糊捲著的A017，此時像是一點兒也不在意敵人入侵，只是揪著頭髮，望著那猶自攀躺在假山旁的喬安和男人魚尖嚷個不停。「告訴我，這是夢、這是夢對不對！」

「不是夢。」糨糊嘿嘿笑地大力搖晃起A017。「他們都說你是變態笨蛋。變態笨蛋，這不是夢，你又沒睡覺怎麼會作夢？」

「小海星，你們還擠在這幹啥？」莫莉將接應後續成員的工作交給了高霑等人，自個兒也從防水行囊中掏出一柄手槍，朝水缸外走去，還轉頭向糨糊不停招手。「我們正要去跟狄大哥還有你的公主會合，你們不想見公主了嗎？」

「公主——」糨糊和石頭聽莫莉那麼說，立刻跟上莫莉，皮皮和湯圓則一動也不動地攀在石頭腦袋上。

「唉。」莫莉奔到門口，想起了什麼，轉頭朝著水缸裡的男人魚喊：「帶她走吧，她自由了，你也是，你們想去哪就去哪。」

男人魚聽了莫莉的話，眉開眼笑，摟著喬安親了幾下，在一名蝦兵協助下，來到了抽水入口，分別鑽了進去。

「啊！喬安——」A017遠遠見著喬安和那男人魚走了，絕望得慘號起來。

「小海星，你帶著他幹啥？」莫莉讓背後的尖號聲嚇著，見糨糊拎著A017跟在她身後跑，不禁氣罵：「快把他扔了！」

「他是不是你們說的變態笨蛋啊？」糨糊追問，還搖晃著A017：「說啊，是不是你？變態笨蛋。」

「是啦，就是他！」莫莉白了白眼。

原來深海神宮先前派出小魚蝦循著排水管路四處偵察，在這大水缸發現了悶悶不樂的喬安。

喬安出生於袁燁旗下的實驗室，袁燁喜好製造傳說幻想生物，或用以展示炫耀、或用於地下競技場與其他異獸惡鬥。

在袁唯的創世計畫展開時，有些實驗生物被入侵的羅剎殺死，有些實驗生物逃出倉房，四處流竄，藏身地底實驗室裡的喬安並未受到傷害，但她數名被送往展示區的人魚好友卻沒那麼幸運，遭到一批迅猛龍羅剎圍攻，死傷慘重，其中一隻男性人魚負傷躲在水缸深處的造景岩間，沒被羅剎發現，且被後續處理的人員當成了廢棄物，拋進大海，這男人魚是喬安的情人。

和黃才一樣，這男人魚以及不少逃過一劫的展示生物，都被深海神宮的魚蝦探子帶回神宮救治，且吸納為夥伴，他們之中有些重回海洋公園臥底、有些在外接應。

魚蝦探子們探得地底實驗室有處休息區域裡的展示水缸極大，排水管路口徑也大，是發動突襲的最佳入口，且裡頭沒有敵軍也沒有惡獸，只有美人魚喬安和一批熱帶魚。

男人魚自告奮勇，循著排水管路來到這水缸，隔著排水口柵欄呼喊喬安，成功說服了喬安作為內應，喬安會在神宮人馬發動突襲時，試圖分散水缸外研究員的注意力，以掩飾神宮成員破壞排水管柵欄時發出的聲響。

在這些日子裡，喬安也告訴男人魚，有個男研究員舉止怪異，甚至會對著水缸裡的她做出一些噁心的舉動。

「什麼、什麼？」糨糊聽莫莉說到這裡，好奇追問：「什麼噁心怪動作？有飯噁心嗎？」

莫莉笑著搖頭，答：「狄念祖不至於對月光做出那種動作吧，至於詳細的情形……唉，還是別說好了，我根本不想講出口，總之很噁心……喂！你還帶著他啊，快扔了，你要帶那麼噁心的東西去見你們公主嗎？」

「笨蛋變態，你比飯還噁心，那眞的很噁心，不可以讓你見公主，混蛋！」糨糊聽莫莉那麼說，便打了A017幾拳，隨手往後一扔，領著石頭緊跟著莫莉。

CH02 短兵相接

「康諾博士，我知道，我一直都知道，你那睿智的外表底下，包藏的是無盡的貪婪、極度的殘酷；你藏身聖泉多年，聲稱要幫助聖泉發展科技、造福世人，實際上只是爲了竊取聖泉的技術、強化自己的實力，等待時機成熟，發動恐怖攻擊。你想要將這片美麗的大地，當作自己的邪惡帝國……是的，你幾乎要成功了、你幾乎殺死我了。但，你低估了我，袁唯，守護這個世界的決心。」

袁唯柔美略帶哽咽的語音，迴盪在整個海洋公園、安全區域內外四周，他說到這裡，略頓了頓，微微側過頭，露出不耐的神情。

他將手伸至腰際，按下藏於華麗白袍內襯的通訊頻道切換鍵，低聲說：「幾隻螞蟻，也來麻煩我，你們沒看到，現在是什麼時刻？還需要我教你們怎麼做嗎？」

他暗暗說完，又將麥克風切回海洋公園各處擴音設備頻道，繼續說：「康諾博士，我爲你，感到悲傷。」袁唯背上那雙巨大雪白羽翼在空中華麗撲動，他緩緩地說：「今天，就讓我救贖你那邪惡的靈魂；今天，就讓我結束這一切；今天，就是黑暗終結的日子；今天……」

「傑克！把喇叭給砸了，我不想再聽到噁心的聲音——」狄念祖厲聲怒罵，右勾一拳，擊碎那朝著他撲來的夜叉胸膛。「媽的不知所云！」

「喵吼——」傑克顯然也受夠了袁唯那濫情台詞，他壓低身子往前一蹦，鑽過一隻夜叉胯下，且同時舉起迷你麻醉槍朝夜叉胯間開了一槍，跟著翻了個滾、幾個彈蹦，俐落攀上海洋館展覽區牆上一處擴音設備，持著小槍托憤怒敲打那擴音喇叭好半晌，這才冷靜下來，左右看了看，找著了喇叭線路，彈出銳爪，將線路扯斷。

但袁唯時而激昂、時而哀愁的講演聲依舊迴盪在四面八方。

「喵嗚，他還是說個不停呀，這傢伙說話好討人厭！」傑克喵嗚怪叫，攀在喇叭上朝著夜叉擊發麻醉彈。「喵嗚、喵吼！」

強邦搶在最前頭開路，此時他的模樣與先前有些不同，那時他落在吉米手中，遭到殘酷改造，吉米將他的四肢換成獸足獸爪，將他的雙手和雙腳接在肩上，還在他胸腹嵌裝上狼頭與狗頭，以及一張女人臉。

寧靜基地對強邦進行臨時治療手術，將他肩上那突兀的四肢切除後安放在培養槽中保存，也利用藥物使強邦胸腹間的狼臉、犬臉和女人臉長期休眠，避免三張怪臉干擾強邦情緒。

「別浪費時間跟他們糾纏，直接進去！」狄念祖見數名夜叉四處飛奔遊鬥，便催促眾人全力攻入前方水族館，跟在他身邊那七、八名寧靜基地戰鬥人員，大都接受過簡易的肉體強化改造，主要的武器是手上的步槍，以及繫於腰間、腿上的軍用刀械。

大夥兒一面開火射擊夜叉，一面往水族館方向推進，其中一名人員將槍口轉向水族館玻璃大門開火，一陣碎裂炸聲，數面近兩公尺高的玻璃門窗瀑布般地碎落炸散一地。

就在同時，遠處的擴音系統響起一陣急促的警報聲和臨時廣播：「緊急通報，康諾和斐家的聯合恐怖集團成員目前大舉入侵園區，聖泉的維安人員已經全數出動。此時還逗留在展覽區域裡的遊客，請遵從展區人員的指示，前往避難場所避難——」

「小狄、小狄！」傑克嚷嚷著奔來，躍到狄念祖肩上，驚慌地指著收票亭的方向說：「阿修羅！阿修羅來了，還有夜叉，好多夜叉！」

傑克的聲音尚未止息，狄念祖等人便已見到收票口圍牆翻入了一隻隻夜叉，和兩個身形高大的傢伙，是阿修羅。

「強邦、月光，別打了，跟著我！」狄念祖朝著猶自與夜叉纏鬥的月光和強邦大喊，領著寧靜基地成員攻入這棟巨大水族館建築中。

本來遊鬥的數名夜叉們，在援軍趕來後，攻勢轉趨強烈，不再四竄遊鬥，而是全力猛攻。

一名寧靜基地成員一踏進水族館大廳，立時攤開簡易地圖，同時比對手機相本中的數張詳細地圖，海洋公園裡的水生展區彼此相連，且有數條通往地底實驗室的通道。

狄念祖的目標是地底實驗室資訊機房裡的冰壁，只要能夠破解守禦地底實驗室的冰壁系統，便能夠取得整個地底實驗室的電腦系統權限——狄念祖這頭的成敗，關係到田綾香一路人馬搶奪袁安平及後續脫逃行動的成功與否。

「往哪邊走？」

「別吵，我正看地圖！」幾名寧靜基地成員焦急確認著離這兒最近的通道，前方，大批夜叉也擁入水族館大廳，凶猛包圍上來。

「你們找著路就走，喊一聲我們會跟上！」狄念祖大喊，一面指揮著月光和強邦，與擁入水族館大廳的夜叉遊鬥起來。

月光速度比夜叉更快，她揮動金屬立牌，將圍來的幾名夜叉砸得筋斷骨裂。金屬立牌打斷了，月光便隨手拎起垃圾桶當武器，垃圾桶砸凹了，便扯起鎖在地上的長椅當武器。

月光且戰且走，所及之處，長椅、販賣機、燈架、宣傳立牌，全都被當成攻擊器具。

磅！月光揮動手上一只造型海豚裝飾，將一名夜叉腦袋砸得歪斜。那夜叉搖搖晃晃地正要還手，雙足卻讓緊跟在月光身邊的米米伸來那銀臂纏著，還沒反應過來，月光又竄到他身後，雙手扳著他腦袋，喀啦一聲扭斷他頸骨。

「公主！」米米尖叫，月光回頭，又是三隻夜叉。

月光左右張望，她身處大廳中央，近身處大多數能用的東西都用上了，她終於低下頭，米米立時揚起手，月光牽起她——

銀光閃耀，最前頭撲來的夜叉，身子由肩至腰裂成兩半；第二隻夜叉腦袋噗地炸開；第三隻夜叉，避開了月光揮動的米米厚劍，尚未站穩身子，月光第二劍已經斬來，將那夜叉攔腰斬成兩截。

「好了。」月光手一鬆，米米變回小侍衛模樣落地——被當成武器，對於小侍衛的肉體和體力，也有某種程度上的損耗，月光知道這次戰役必定艱辛而漫長，可不能從頭到尾都以小侍衛當作武器。

那頭，狄念祖悶吭一聲，重重撞在一片造型假山上，狼狽滾落底下的造景小水池，氣呼呼地站起，瞪著眼前數公尺外，將他一腳踹來的那大傢伙。

那傢伙通體漆黑，雙眼死白，是阿修羅級別的兵器。

「別管我，去幫強邦！」狄念祖嚷嚷喊著，見到身邊那造景水池立著一面寫著「禁止玩水」的金屬立牌，立時一把拔起，拋向月光。

月光接著那金屬立牌，也不猶豫，立時轉身奔向強邦，強邦面前也是一隻阿修羅。

「田姊！我們這邊有麻煩，夜叉團大軍出動，還有阿修羅，我們……」寧靜基地成員雖確定了方向，但見狄念祖和強邦都讓阿修羅纏上，難以脫身，除了開槍掩護，也難以幫上大忙，急得向田綾香求援。

「什麼？水林？那邊離這裡很遠……是、是是……」那成員結束通話，立時指向另一頭通道，說：「田姊要我們去水林，田姊在那安排了援軍接應我們！」

狄念祖跨出水池，見阿修羅殺氣騰騰地向他走來，但大批夜叉卻未跟著這阿修羅一同擁來，而是向後退開老遠。

狄念祖隨即明白，袁唯旗下的夜叉團和阿修羅，並不如斐家獵鷹隊那樣訓練有素，也不懂得應用戰術彼此配合，眼前這阿修羅與其說是戰士，實際上更接近野獸，激鬥的盛怒，甚至會令他不分敵我，大開殺戒。夜叉們一見阿修羅動手，爲免受到波及，便退出戰圈，不與阿修羅聯合作戰。

「要單挑是吧……」狄念祖揚起拳槍胳臂，五指大張，伸向朝他走來的阿修羅，緩緩晃動。「來來來，讓你看看我的拳頭。」

狄念祖晃了晃他拳槍巨臂，那覆蓋著堅實蟹甲的拳頭，比顆椰子還大，他側勾一拳，擊向這黑身阿修羅側臉。

啪！阿修羅揚手接下這拳。

這黑身阿修羅的拳頭，可不比狄念祖的巨拳來得小，他的巨掌像是纏上獵物的章魚般，緊緊握住狄念祖的拳頭。

下一刻，阿修羅臉上露出疑惑。

他瞬間感到狄念祖右拳突地變化，使他抓了個空。

原來狄念祖讓拳槍飛快變形，變成了第二階段的巨螯型態，螯鉗大張，凶猛鉗住阿修羅左腕。

「吼！」阿修羅本能地揮動右拳，擊向狄念祖，但狄念祖早有準備，伸手接下他右拳——

「你以爲只有你會接拳頭？」狄念祖嘿嘿笑著，左手扣著阿修羅右拳，右螯鉗著阿修羅左腕，突然向上一蹦，身子蜷起，在空中擺出了蹲姿，一雙腳掌正對著阿修羅臉面。

喀啦喀啦，雙膝同時上膛，然後擊發！

磅——

狄念祖前半秒蜷成一團的身子，下半秒在空中筆直蹬開，雙腳結結實實踹在阿修羅臉面上——

這是一記雙膝同時發動的卡達砲。

黑身阿修羅的腦袋成九十度向後彎仰，他的頸骨完全折斷了，這是由於他的雙手被狄念祖扣著，雙卡達砲的衝擊力量，毫無緩衝和保留地轟炸在他的顏面和頸骨上。

黑身阿修羅搖搖晃晃，肩上、脅下噗地竄出另外四臂，但他看不到前方，他只能看著天花板，他的頸骨折斷了，力氣和意識迅速流失中。

狄念祖落地後微微彎身，從他的視野角度看去，甚至看不到這黑身阿修羅的頭，他見到阿修羅數隻手試圖扶正腦袋，可不給對方機會，雙膝再次上膛、右臂拳槍也同時上膛。

擊發！

卡達蹬加上卡達砲，驚天一擊，將巨螯擊進阿修羅胸膛，自背心穿出。

狄念祖抽出巨螯，阿修羅緩緩跪倒癱下，腦袋歪斜，已無知覺。

「哇塞小狄，你解決一隻阿修羅不用一分鐘，你竟然變得那麼厲害！」傑克遠遠觀戰，本來見這黑身阿修羅透著異常殺氣，心想情況不妙，但見狄念祖三兩下便擊斃阿修羅，驚喜怪叫。

「因爲我發現他們的弱點。」狄念祖哼哼冷笑，左右開弓，將幾名夜叉掃倒或是擊飛，三步併作兩步奔到了月光和強邦正對面。

月光和強邦相距數公尺，他倆正前方數公尺處，也站著一隻阿修羅，強邦右臂嚴重骨折，顯然是受到了阿修羅的攻擊。

月光面臨強敵，不敢大意，雙手握著米米化成的雙劍，在旁游擊助戰，好幾次成功掩護強邦不至於受到阿修羅的致命傷害。

「什麼，阿修羅有弱點？」傑克爲了躲避夜叉追擊，越躍越高，攀到了二樓的水晶吊飾上，一面向下射擊麻醉彈，一面問狄念祖。「什麼弱點？」

「那麼明顯你看不出來？」狄念祖自後方大步走向那阿修羅，將那蟹螯巨臂伸得老長。

阿修羅感受到後方動靜，殺氣騰騰地迴身。

「老兄，握個手吧。」狄念祖笑嘻嘻地朝阿修羅伸去拳槍巨螯，螯鉗大張。

阿修羅一把抓住了狄念祖巨螯下鉗處，另一手高高揚起，對準了狄念祖臉面，尚未揮拳，只聽見狄念祖那蟹螯發出了磅地一聲——

紫血飛灑，這阿修羅左手連同四指那上半截手掌，飛彈到半空中。

是狄念祖讓螯鉗發動了卡達砲，鉗斷了阿修羅半隻手掌。

狄念祖一鉗得逞，立刻向後躍開，將巨鉗又變回拳狀，擺出拳擊架勢，右刺拳連發。

「吼！」阿修羅六臂齊張，像是猛貓捕鼠般地拍擊狄念祖擊來的刺拳，但狄念祖的刺拳在卡達蝦基因作用下，快如電光，阿修羅六手亂揮也扒不著狄念祖刺拳，顏面胸膛接連捱拳，若阿修羅舉臂護身，死命往前衝，狄念祖便施展卡達蹦拉開距離。

狄念祖繼續連擊右刺拳，刺拳、刺拳、刺拳，全打在阿修羅抬起護臉的雙臂上。

突然之間，阿修羅身子一震，齜牙咧嘴地摀住右眼。

他的右眼捱著狄念祖右刺拳突擊時一併射出的蟹甲彈。

狄念祖仍然連擊刺拳，又快又重的右刺拳雨點般地擊在阿修羅抬起防禦的六隻胳臂上，一陣磅磅磅磅的重擊聲中，突然在噗嗤一聲後止息下來。

「阿修羅的弱點——」狄念祖晃著他那拳槍右臂，他的右拳又變成了巨螯，螯尖併攏，如同一支尖矛。

染血的尖矛。

「就是太笨了。」狄念祖盯著眼前那摀著頸子的阿修羅。

鮮血從他指縫間暴射而出。

巨螯狀態的拳槍，比拳狀拳槍更長上二十餘公分，他以上百記刺拳讓阿修羅習慣了刺拳距離後，才突出一記蟹螯刺拳，這記混在拳頭裡的蟹螯突刺，一舉穿過阿修羅胳臂和胳臂間，螯上的利甲在阿修羅頸部割出恐怖的裂口。

「他們跟殺紅了眼的野牛一樣，只會衝個不停。」狄念祖望著怒吼連連的阿修羅，微微彎膝，拳槍拉弓，做好了下一波的戰鬥準備。

「吼——」阿修羅張開六臂，不再防守，鮮血從他的頸間裂口激烈噴灑，他浴著血衝向狄念祖，但他才奔出兩步，右膝處陡地銀光一閃，是月光即時補上的一劍。

月光與阿修羅級別兵器有數次對戰經驗，知道阿修羅力大無窮，不能硬碰硬，她斬中一劍，立時後退，阿修羅轉向要追，狄念祖又蹦了過來，刺拳連發，然後又是混在刺拳中的一記蟹螯，擊在阿修羅太陽穴上，將他一擊倒地。

「長槍！」月光躍到了阿修羅兩公尺遠的距離，晃了晃米米，晃出一柄粗壯長槍，朝著阿修羅另一側腦袋太陽穴，迅速補上兩槍。

狄念祖見那阿修羅死去，連忙將目光轉回圍在大廳周邊的數十隻夜叉，見他們緩緩動身，連忙大喊：「快走！」

這頭，寧靜基地成員替強邦簡單地裹起了骨折胳臂，聽見狄念祖大喊，立時抱著老乖，按照田綾香的指示，轉入大廳西側一條通道，往水林的方向趕去。

CH03 剎那間的血戰

「康諾叛軍進入海洋館了，107、108號夜叉團正在裡頭圍捕他們。」

「三隊夜叉團都出動了，還是逮不到斐家小弟，他們神出鬼沒！」

「園區裡還有零星的不明人物，不知道是誰？夜叉團已經出動了！」

袁氏博物館某層高樓中，十數間莊嚴華美的辦公空間，此時亂成一團，叫嚷聲、叱責聲此起彼落。

這裡是神之音總部。

「要不要出動更多提婆級、阿修羅級兵器？」一名身材瘦高的神之音人員這麼說：「你們見到了，單靠夜叉團，根本擋不下這些入侵的傢伙。」

「不行吶，沒得到袁先生的許可，出動兩隻已經是極限了，我說過了，現在實驗室裡庫存的提婆、阿修羅級兵器，樣子和我們的『神使』不一樣，那些舊型的傢伙，更像是魔王康諾的奈落軍！要是走漏了消息，不就讓人發現奈落軍也由我們這邊指揮嗎？」另一名矮胖神之音人員立即搖頭。

在這次袁唯規劃中的「聖戰」裡，袁唯一方的戰士們，全數身穿神之音專屬銀白色服飾，袁唯想要塑造出「聖潔雪白」對抗「黑暗邪惡」、「天神使者」對抗「惡魔爪牙」這樣的印象，便不能讓那些畸形惡獸、羅刹，以及嚇人的舊型阿修羅、提婆，以己方戰士的身分出現在世人面前。

現在整個海洋公園內外營區、地底實驗室裡，還庫存著大量舊型阿修羅、提婆，以及各式各樣的羅刹，甚至是以往袁燁爲了在地下鬥獸場取樂所製造出的大量古怪巨獸。

甚至是破壞神。

然則此時大部分經過改良的天使阿修羅、提婆，大都已飛上天，陪同袁唯一同對抗奈落魔軍，神之音召回了一部分隊伍，正四處與斐家兄弟糾纏游鬥。另一邊，寧靜基地和深海神宮，經由地下排水管路潛入海洋公園各處的游擊隊，令海洋公園裡的夜叉團顧此失彼。

因此神之音總部負責指揮的幾名高階人員，意見出現了分歧，有些贊成調回更多天使阿修羅、有些贊成派出舊型阿修羅、提婆，甚至是羅刹，以應付海洋公園裡神出鬼沒的游擊敵軍。

「消息怎麼會走漏？」那瘦高神之音人員說：「四周攝影機都是我們的，遊客全聚集在廣場上了，誰能將消息傳出去？況且這些傢伙你打我、我打你，就算眞被拍下照片，我們要怎麼解釋都行，就說奈落大軍內鬨不就行了。」

「你想清楚，現在斐家領的是他們自己的獵鷹隊，不是奈落軍……奈落軍還在外頭，設定裡他們打不進來呀！」那矮胖神之音人員推著眼鏡說。

神之音部門是袁唯的私人組織，成立初期主要負責拉攏國內外重要政商團體，藉此取得聖泉集團在全球的政治影響力。

隨著袁唯的宗將狂熱癖一發不可收拾，神之音開始引入各式各樣的宗教人士，他們脫下原本的教袍、放下原本的典籍，披上專屬的神之音衣飾，提供各式各樣的靈感，供袁唯撰寫屬於自己的教義和神話。

這批人能言善道、懂得政治談判、懂得人心角力，但對於指揮作戰卻是一竅不通，偏偏袁唯信任他們，將整個海洋公園裡裡外外、安全區域、地下實驗室及生物兵器營區等武裝或是非武裝的一切最高決策權，都交由神之音管理。

「剛剛我們不也加派兩隻阿修羅，去追捕那批躲進海洋館裡的傢伙了嗎？」提議加派武力的瘦高神之音人員，滔滔不絕地說：「可以派兩隻，為何不能派二十隻？」

這瘦高神之音成員叫李家賓，年紀四十來歲，原本是政壇新星，袁唯看上他那無礙辯才和群眾魅力，將之招攬進入聖泉，作爲袁唯親近策士，負責替袁唯和神之音包裝媒體形象。

「再不然請示袁先生吶！」矮胖神之音成員氣呼呼地抗議，這人叫吳寶，比李家賓大上幾歲，五十出頭，在被聖泉吸納之前，當過幾年房仲、做過幾年直銷、寫過幾年網路小說，同時也是某支新興宗教的創辦人。

吳寶創立的新興宗教並未引起太大熱潮，但袁唯偶然間看上他那嶄新教義思維和諸多奇思妙想，幾次會面後，也將他納爲己用，讓他負責整理各門各派教義典籍，協助袁唯編寫專屬典籍和神話故事。

「那就請示啊。」李家賓伸手指向那負責傳訊給袁唯的部屬，示意他與袁唯聯絡。

「等等！」又一名神之音成員立刻阻止那部屬按下傳訊鍵，急急地說：「你們剛剛也聽出袁先生已經不高興了吧？現在是袁先生最重要的時刻，要是再打擾他，他會發怒的！」這人年紀比李家賓、吳寶又長了幾歲，六十多歲，是資深宗教界領袖，各界都叫他「滄海大師」。此時滄海大師穿著與數年前形象截然不同的銀白色神之音教服，頭上戴著一頂銀色三角帽。

他們三人是目前這袁氏博物館神之音部門裡的主要管理高層，從未從事過指揮作戰之類的任務，此時面對大戰、手忙腳亂，卻又不願下放指揮權，深怕讓別人搶了頭功，失去袁唯信任。

「那些傢伙已經闖入海洋館了，你們以為他們是去看魚嗎？他們的目標是地底實驗室！」李家賓指著某處監視器鏡頭、瞪著吳寶，齜牙咧嘴地說：「如果真讓他們闖入實驗室，碰壞了聖泉的研究，到時候袁先生責怪下來，誰負責？你要負責嗎？」

「我……我負責什麼？我只負責替袁先生設計他的國度……」吳寶有些心虛，這些銀白天使軍團、奈落魔軍的形象概念，都來自於他的構想。他本來只是袁唯宗教智囊團裡其中一員，比起智囊團裡其他大師、長老、尊者等各式各樣赫赫有名的人物，吳寶學識低、程度差，他那些設計靈感，大半來自於自己的妄想或是從小說電影裡東拼西湊，卻出乎意料地合袁唯口味，袁唯不只一次將吳寶這些奇想創意，傳達給遠在南極的杜恩。

當杜恩踏出南極，來到聖泉基地後，也帶來了研究成果，包括奈落古魔、天使阿修羅等等，可讓袁唯開心極了，吳寶也從一個小智囊，一口氣躍於海洋公園神之音部門裡最高層，與李家賓、滄海大師兩人平起平坐。

「你現在這樣子，是在破壞我的設定……」吳寶無奈地說：「聖與魔、黑與白、光與暗，對比要明顯，形象才會突出呀……袁先生要的就是這種氛圍，這是袁先生交付給我的任務！」

「氛圍是吧。」李家賓扠著手冷笑，睨著一旁的監視器畫面。「袁先生將這重責大任交給我們，是要我們辦妥，不是讓我們搞砸，要是地底實驗室出了什麼差錯，那是什麼氛圍？」

「哼……」吳寶被李家賓說得啞口無言，卻也不知如何辯駁。

「別吵啦，吳寶。」滄海大師開口：「趁他們進了海洋館，裡頭沒人，我們趕緊派一隊『厲害的』跟進去收拾他們，速戰速決。」

「誰說沒人，還是有人吶……」吳寶指了指某些監視器畫面，此時大部分安全區域的居民都聚集在廣場上，但也有少部分居民，依舊逗留在海洋公園各處。

「查查那些人是不是袁先生指定要保護的重要人士，不是的話，那簡單許多呀……」滄海大師這麼說，伸出食指，在喉間畫了一下。

「你……」吳寶呆了呆，明白滄海大師的意思，攤了攤手。「你們決定吧，總之別壞了袁先生的好事就是了。」

「哼。」李家賓見吳寶不再反對，立時俐落地對著手下做出指示，下令從營區調動更多阿修羅，且同時從地底實驗室放出數批異獸，連同數隊夜叉團，從數條通道多面夾擊狄念祖等人。

「報、報告……不好了！」一名神之音成員踉蹌奔來，差點撲撞在李家賓身上。他急急嚷著：「實驗室好幾個地方遭到入侵，是康諾……康諾的人攻進實驗室了！」

「什麼！」李家賓、吳寶、滄海大師三人差點從椅子上跌下來，你看我我看你，又一齊看向監視器畫面，畫面上狄念祖等人還在海洋館裡與後頭的夜叉團且戰且走，吳寶驚訝地叫：「除了他們，海洋館裡還有其他人？」

「不……不是從外面進去的。」那神之音成員說：「是從裡頭，從地底實驗室裡那些大水缸打出來的……」

「從大水缸打出來？」李家賓瞪大眼睛，不可置信。「你說清楚點！」

「這……這這……」那神之音成員一問三不知，顯然自己也尚未搞清楚狀況，另一名神之音成員跟了上來，解釋說：「研究部門回報，康諾的人應該是從海洋公園的排水管路攻進來的，整個海洋公園連同實驗室的排水設備都是相通的！」

「排水設備？排水設備怎能進攻啊？」吳寶訝然。

「排水設備誰負責的？」李家賓氣急敗壞大吼。「快查清楚！排水設備是哪個部門負責管理？工務部還是展覽部？」

「是……是『水生動物部』。」一名神之音成員匆匆查過資料後回報：「他們是從水缸過濾系統的排水管路攻進實驗室的！」

「什麼？」李家賓叱罵：「快給我把那什麼水生動物部的負責人找過來呀！」

「報……報告，地底實驗室的技術小組已經在查了……」又一名神之音成員趕來，說：「問題可能出在水生動物部的飼育場！」

「飼育場？飼育場又是誰負責的？」

「我們正在聯絡水生部跟飼育場那些主管，今天園區裡不少跟聖戰沒有直接關係的部門，人都上廣場去啦……」

「什麼？」李家賓大聲嚷嚷：「他們上廣場幹啥，誰讓他們擅離職守？」

「……」吳寶突然插嘴。「這……這是袁先生的意思，袁先生希望盡量讓場面看起來更盛大，臨時要我通知各大部門派人上廣場……」

「什麼！」李家賓瞪大眼睛。「這一定又是你出的主意對吧。」

「我都說了是袁先生的意思啦，這裡哪個人不是順著袁先生的意思做事，你不也一樣嗎？別老是教訓人！」吳寶就是不喜歡這年紀小了他十歲，卻一副瞧不起自己的李家賓。

「別吵啦！」滄海大師見李家賓和吳寶又要爭執，立時叫嚷起來：「快下令出動更多阿修羅吧，地底實驗室可眞的都是我們的人啦，不用擔心……」

「別浪費時間找水生部那些傢伙了，通知第五營區，派出兩隊夜叉團搜索所有飼育場，另外第三、第四營區的阿修羅、提婆，還有所有夜叉團，立刻趕去支援地底實驗室——」李家賓不等滄海大師講完，也不讓吳寶再發表意見，立刻對著神之音成員高聲下令，通知更多營區，調動戰力趕往地底實驗室支援。他扯開銀白長袍上的領結，將長袍脫下砸在會議桌上，捲起袖子，大聲說：「大家聽好，現在是非常時刻，絕對不能讓康諾那些傢伙得逞，不然我們所有人現在的位子恐怕都要不保了，所有人打起精神，全力對付那些老鼠！」

吳寶儘管被李家賓這氣燄惹得滿腹不悅，但此時此刻，卻也想不出更好的辦法，便不再多言，索性將指揮權讓給李家賓，心想倘若出了差錯，袁唯怪罪下來，自己也能置身事外。

在李家賓強勢領導下，神之音部門一下子忙碌起來，一時間各式各樣的指示接連發出。

□

「黃才，夜叉團來了！」六號飼育場地下排水樓層裡的寧靜基地成員，收到外頭眼線通知，急急朝著蹲在排水池旁的黃才低聲喊。

此時田綾香等大多數寧靜基地成員，都已經潛入排水池，循著排水管路，攻入地底實驗室，只剩下黃才、墨三及一批蝦蟹士兵留守在排水池旁。

「大腦，好了沒？」黃才瞥了那通報的成員一眼，轉頭望著泡在排水池裡的鯨艦。

此時的鯨艦以兩條小鰭臂攀著池壁，看上去像隻小海豹般，然則他沉在水面下的軀體，則如蛇如鰻般地四通八達，延伸到了各飼育場，串連數百處飼育池裡的黏土章魚——

每一池小章魚，在與鯨艦主體相連後，需要經過短暫的「溝通」，才能夠與鯨艦主體合而爲一，因此鯨艦需要一些時間，才能將分散在四座飼育場數百處飼育池子裡的「身體」全部串連起來。

池子邊擺著數具儀器，十數條管線連接著那些儀器和鯨艦，這些儀器能夠釋放出電流和藥劑，幫助鯨艦加快與身體「溝通」的速度，因此鯨艦必須待在這排水池邊，等到串連起全部的身體後，才能入水展開行動。

「再給他幾分鐘。」墨三伸手輕撫著鯨艦腦袋，鯨艦咧開嘴，朝墨三笑了笑。

「……」黃才靜默半晌，站起身，向三、四名持著武器的寧靜基地成員和一批蝦兵蟹將招了招手，問那通報成員：「他們到哪邊了？」

那成員以對講機和外頭眼線互通幾句話，答：「他們圍住了七、八號飼育場，準備破門。」

「現在應該就剩下七、八號場裡的『身體』還沒接上。」墨三聽了那成員說話，說：「叫外頭的人引開夜叉！」

「不！」黃才揚手說：「那樣反而打草驚蛇。現在除了這兒，其他飼育場裡的人都撤了，只要動作放慢點，夜叉不會起疑。」黃才邊說，來到飼育池旁，低頭在鯨艦臉旁輕輕囑咐著，鯨艦緩緩地點了點頭。

「夜叉團進入七號和八號飼育場裡了。」那負責與眼線聯繫的成員，繼續回報：「有幾隻夜叉往我們這裡來。」

「通知王爺，將這裡放水。」黃才立時向一名蝦兵吩咐，跟著指向數名寧靜基地成員。「把槍扔了，過來幫忙——」

在黃才帶領下，眾人七手八腳地搬來一只貨架，立在排水池旁的牆邊，墨三急忙檢視儀器，調整數值，其餘成員以防水膠帶，仔細將線路纏繞綑縛、將儀器搬上貨架頂端，以紙箱雜物掩蔽。

大龍蝦王爺噗地一聲探出排水池，身旁嘩啦啦地探出幾條蝦兵，各自抱著一條鍋口粗細的怪異軟管，那些軟管湧出大量海水，蝦兵們將軟管掛在排水池壁上，任海水四處淹溢。

這些軟黏管子的另一端，銜接著能夠快速抽水、吐水的「打水海葵」，那些打水海葵已經進駐在海洋公園沿岸，貼伏在海底壁面上，配合軟體動物管線接水、軟體動物牆封路，便能夠將海水灌入特定的建築物中。

黃才望著幾條吐水軟管，連連皺眉，這幾條大軟管的水量雖然不小，但整個地下二樓十分寬闊，要讓水位升高到能夠阻擋夜叉進犯的高度，可需要一段時間，此時大多數打水海葵和軟體動物管子，都以地底實驗室爲目標待命著，一時間也無法調動更多打水海葵幫忙灌水。

他望著幾處排水池，靈機一動，先向王爺低聲囑咐幾句，王爺點點頭，立時潛入水中，跟著黃才指派了兩人，將地下二樓所有隔間房門全關上，自個則來到一處機械設備旁，俐落操作起來，將某區域面板上所有開關，全數扳至反方向。

「喂，夜叉進來了！」那寧靜基地成員低聲提醒，指了指上方，眾人清楚聽到，上方隱隱發出夜叉的厚靴腳步聲。

數名寧靜基地成員紛紛戴上呼吸口罩，退到了隱密處，蝦兵蟹將則埋伏在樓梯口，墨三陪伴著鯨艦，守在水池邊。

突然之間，數處排水池水位陡然迅速升高，滿溢而出，這批自排水池湧上來的水量，遠比幾條軟管湧出的水更多出十數倍，一瞬間整個地下二樓的積水，已經淹過了常人膝蓋高度。

原來黃才在那處設備前的那番操作，是將整座六號飼育場裡所有大小池子的排水閘全數開啓，數十處池子裡的水全湧入排水管路，而他卻要王爺指示那些軟體動物牆將數處排水池管路阻死，如此一來，上方飼育池排下的水，無法自排水管路流進大海，便快速湧出排水池，迅速浸淹著整個地下二樓空間。

不出一會兒，大水已淹過眾人胸口，且繼續快速向上湧灌。黃才由於接受過深海神宮的改造，體內擁有半魚基因，不需依靠呼吸口罩，他聽見夜叉的腳步聲更加接近，立時游到電源總開關旁，找著地下室照明系統的線路，將之一把扯斷。

瞬間一片漆黑。

水位繼續升高。

喀啦一聲，通往地下室的鐵門開啓了。

兩名夜叉在梯間停下腳步，似乎有些訝異底下的黑暗，其中一名夜叉伸手撥弄電燈開關，見毫無反應，立時向外回報。

另一名夜叉循著鐵梯向下，在經過梯間轉角時，一腳踏進了水裡，那夜叉又往下踩了幾階，直到水淹至他的膝蓋，才停下腳步，似乎在遲疑究竟該不該繼續向下。

「底下有飼育場工作人員嗎？」那夜叉終於開口，一連喝問數次，都得不到回應。

外頭又兩名夜叉下來，且帶來了手電筒，幾束光線掃在水面上，只見一片渾濁，原來在黃才的指示下，打水海葵刻意吸取大量海砂，連同海水一齊灌入這地下室裡，渾濁的海水難以透光，兩、三名夜叉擠在梯間，探頭探腦，卻也看不出水中究竟有沒有藏人。

此時水位已接近一層樓高，上方所有飼育池的水皆已洩光，水位上升的速度也漸趨緩慢。

「嗯？」一名夜叉，偶然間注意到角落一只貨架上那微微發出的閃光。

那是剛才被擺上高處、用以輔助鯨艦大腦加速與各處小章魚聯繫的儀器。

儘管寧靜基地成員在儀器外堆擺了雜物掩飾，但在漆黑之中，幾只儀器指示燈那微弱的光源，也足以引起夜叉的注意。

鐵梯上後頭三名夜叉持著手電筒照水，前頭兩名夜叉則開始向前，他們一步步踏下階梯，只在走至水位接近口鼻時，略頓了頓，但隨即閉氣繼續前進，直至淹沒頭頂——

夜叉的肺活量自然遠強過人類，那可疑貨架與鐵梯之間的距離，他們甚至能夠閉氣來回數十趟。

鐵梯上一名夜叉將手電筒對準了探路夜叉前進的方向，似乎察覺到些許不對勁，那兒水面冒出了一陣細碎泡沫。

水面的波流似乎變得激烈了些，鐵梯上三名夜叉尚不明白發生了什麼事，只見更前處，又掀起一陣泡沫，且探出一隻手——

夜叉的大手。

夜叉的大手旁陡然竄出一隻更大的手，那大手樣貌奇特，食指至小指四指間生著三張蹼，拇指和食指間無蹼，卻各有一排尖銳利齒。

大手猛地握住夜叉手腕，有如鯊魚咬住獵物般，將夜叉大手按入水面。

水面浮起大片血紅。

「喝！」鐵梯上三名夜叉互望一眼，高聲向外吆喝求援，其中兩名夜叉分別躍入水中，急急地向前。

黃才早已游在那鐵梯出口處，自後方跟著夜叉前進，水中渾濁，他的視線同樣模糊不清，但他身體兩側的魚側線使他在水中的敏銳度大大提高，他貼著地向前游，生著蹼的大手一划，瞬間已經來到夜叉腳跟後。

黃才伸手一探，陡然握住夜叉腳跟——

再猛力抽回。

他以那怪手「咬」斷了夜叉腳後跟的阿基里斯腱。

「吼——」夜叉在水中迴身掄爪，什麼也沒打到，黃才早已游繞到他身側，又一探手，在那夜叉腰際「咬」出一條巨大裂口。

然後是頸子——

黃才身高超過一百八十公分，此時臂展卻超過三公尺，他的雙手發動得又快又急，如同兩隻凶猛小鯊。

夜叉摀住了咽喉，他的咽喉連同氣管，被咬去一塊碩大肉塊，鮮血瞬時染紅了周遭水域。

黃才在陸上，速度不如夜叉迅捷，力量或許也不及夜叉，但在水裡，以那一雙長臂怪手發動攻擊，卻殺得夜叉毫無招架之力。

下一刻，黃才繞到第四隻夜叉面前，數秒間探臂「咬」了四口，四口都咬在那第四隻夜叉的臉上和頸間。

外頭發出了劇烈的騷動聲，附近所有的夜叉都趕來支援，一隻隻躍入水中，霎時，水面波濤洶湧，像是一鍋沸水。

沸騰的血水。

不時有肉塊彈出水面，大多是夜叉的。

偶爾也有黃才的。

磅、磅、磅、磅——

一陣怪異的腳步聲由遠而近地傳來，兩隻身披銀白斗篷的傢伙在夜叉簇擁下進來這通往地下室的鐵梯處，在許多支手電筒的照射下，這地下血池光亮一片、一覽無遺。

大夥兒注意到不遠處那擺放著數具儀器的貨架搖晃起來，幾條線路被拉直，將幾具儀器拖下貨架，紛紛砸進紅色海水中，卻也不知是遭到了夜叉破壞，或是黃才那方人馬自個兒在慌亂間將之扯落了水。

兩個披著銀白色斗篷的傢伙，揭開了頭套。

他們一個頭上生著三張臉，是提婆級兵器——改良型三頭佛。

三頭佛有六隻手，每隻手上都持著短刃，分別躍入水中。

血池更加地洶湧奔騰，有些軀體浮出了水面，或是夜叉、或是蝦兵，也有寧靜基地成員。

磅、磅磅，又一陣獨特沉穩的腳步聲，遠遠地踏來。

尚未入水的夜叉們，聽了這陣腳步聲，紛紛退開，或是貼壁站著，或是遠離鐵梯。

來的是阿修羅，這阿修羅同樣也披著銀白色斗篷，耳際還掛著微型通訊設備，指揮他們的正是神之音部門。

「殺！通通殺光！」激昂的指令從那通訊設備發出。

「殺……」阿修羅眼中射出紅光，踏入紅色水裡。

在阿修羅前進的路徑上，一具具軀體自水裡飛揚起來，完整的、不完整的，夜叉的、寧靜基地成員的。

還有黃才。

黃才左腿齊膝沒了，右臂雖還掛在身上，但已嚴重彎折、斷骨穿刺，身上插著超過十數柄短刃，他被阿修羅甩出水面，落水之後獨腿一拍，又繞到阿修羅身後，正要甩出左手，但近身處那提婆三頭佛一刀捅進黃才肋間。

同時，阿修羅也轉身，一把握住了黃才那怪手。

黃才怪手上的利齒咬入了阿修羅手掌肉裡，卻咬不透他的骨，阿修羅用力一握，黃才的左手也碎了。

那三頭佛正要趁勝追擊，卻被阿修羅一拳擊斷了肩骨、再一拳擊凹頭上一張臉，搖搖晃晃地退到了一旁。阿修羅浸在渾濁血水裡，視線不清，所及之處就是一陣暴打，也不管打到了什麼。

黃才趁機抽回骨碎左手，又一蹬水，再次繞到阿修羅側邊，他的意識逐漸模糊，他的雙手已無法進行攻擊，但他仍然彎低了身子，做出了衝刺準備動作，就連他自己也不明白爲何在這當下，竟如此堅毅。他從來都不是個戰士，他平庸地長大、平庸地求學、平庸地出了社會、進入海洋公園當個養殖技術人員，卻在一次意外之後踏上這短暫卻激烈的生命道路。

深海神宮救了他一條命，也賦予了他不屬於自己的使命感。

黃才緊盯著前方的阿修羅，阿修羅也轉身面對著黃才，但卻未有進一步動作，阿修羅明顯感到斜方傳來的異樣氣氛。

水位開始退了。

數處排水池重新恢復運作。

倏——黃才本能地逮著了阿修羅分心的那瞬間，踢動獨腿、張划雙臂，魚雷般地竄到了阿修羅面前，揮動手掌碎裂的左臂，直直往阿修羅右眼打去。

阿修羅側頭張口，咬住黃才的左腕——

等級相差太多了，即便是未負傷的黃才，也不可能面對面擊中阿修羅正臉。

「吼！」阿修羅陡然之間暴發出劇烈殺氣，脅下雙肩暴出四手，六臂齊張，全數往黃才身上打去。

沒有一拳打中黃才，全在中途遭到截住。

截住阿修羅六臂的，是六條強悍無匹的粗臂，那粗臂有如巨蟒，牢牢纏住阿修羅六條胳臂。

黃才的手腕被阿修羅咬斷，全身力氣盡失，像條死去的魚般隨水漂流，忽地又一條軟臂捲來，托住黃才胳臂，黃才恍惚之間，以一雙不像手的手觸了觸鯨艦伸來那軟臂，呵呵笑了笑。「完成啦，很好……」

水位快速退去。

阿修羅的腦袋露出水面，一雙怒目緊盯著斜方那緩緩探出水面的傢伙，那傢伙浮在水上的部位，像是鯨魚、又像海豚、更像條巨大海豹——

鯨艦。

「吼——」阿修羅發狂怒吼，向前奔衝兩步，突然轟隆破水竄起，磅啷砸上天花板。

鯨艦伸出的六條軟臂，捲著阿修羅向後飛撞，一連撞翻好幾處貨架，最後重重撞進了廊道盡頭牆上。

「吼——」那阿修羅鼓足全力，雙足高高蹬起，不停踢踹捲著他六隻手的鯨艦軟臂，突然身子一顫，六條粗壯軟臂閃耀出駭人電光。

阿修羅突遭電擊，猶自不停怒吼、死命狂掙，嘩啦一聲，阿修羅又給拉出了凹陷的牆坑，在被持續電擊的情況下，同時被那六條軟臂捲著四處猛撞，這頭轟飛一隻夜叉、那頭砸死一隻夜叉，跟著再次天驚地動地竄砸進剛剛那牆坑中。

阿修羅終於無法動彈，六臂一軟，腦袋歪向一旁，鯨艦這才收回了軟臂，任那阿修羅緩緩癱倒在牆坑裡。

鯨艦雖然不是攻擊型兵器，但全身集結的狀態下，也有接近破壞神級別兵器的力量，眼前這隻阿修羅和半隊夜叉、兩隻三頭佛，自然不是鯨艦對手。

血水退盡，墨三自排水池浮出水面，即便經歷過深海大戰的他，此時望著敵我雙方遍地碎散屍骸，也震驚得說不出話，他難以想像在那短暫的時間裡，水中究竟經歷過什麼樣的激烈惡戰。

他甩動八條觸角，連忙翻出排水池，一把扶住搖搖欲墜的黃才。

黃才雙眼微閉，已經沒了氣息。

「……」墨三張大口，又望了望周遭，見留守的寧靜基地成員和蝦兵全數覆沒、沒有活口，嘆了口氣，鬆開觸手，任由黃才癱倒在血水中。

「走吧，大傢伙……」墨三這麼說著，一翻身又沉入排水池，他見鯨艦搖頭晃腦地望著黃才，竟又伸出軟臂將黃才的身子捲近身邊，微微搖晃著，像是想要喚醒他一般。

墨三想起黃才身爲這飼育計畫的主要執行者，鯨艦整個軀體裡那無以計數的黏土章魚，都是黃才一手養出，鯨艦大腦與黏土章魚融爲了一體，此時似乎也感應到了小章魚們隱隱發出的哀傷。

鯨艦晃了晃黃才，見他始終沒有反應，便將黃才提入排水池裡，像是想帶他一同離去。

「死去什麼也沒了，我們活著的，還得繼續幹活，走吧！」墨三拍了拍鯨艦，撲通一聲鑽進了水裡。

鯨艦也沉入水中，他那碩大的軀體此時化成了綿延蟒狀，四通八達地分布在深長排水管路裡。

黃才在鯨艦那滑溜軀體上漂動著，循著排水管路一路向外滑去，每一處小章魚們在黃才的身體滑至身邊時，便會浮動起來，接力穩住黃才身子，將他繼續向外推送，直到將黃才送出了排水管路。

在排水管外岸壁處接應的是大龍蝦王爺，王爺本已知道裡頭戰況激烈，但見黃才的身體變得如此七零八落，也不禁嚇了一大跳，立時招來兩隻掘地蝦，對他們說：「阿才曾說過他不想一輩子待在這裡顧這些水缸，他想像魚一樣游泳，如果死了，就將他帶進大海，隨水漂流，你們將他帶遠一點，別讓聖泉海軍發現了……」

王爺隊對著兩隻掘地蝦下完指令，立時又轉身忙碌工作起來。

最後十幾隻黏土小章魚在黃才身邊繞游半晌，總算依依不捨地游回排水管路，追上鯨艦的身體。

CH04 誠摯的祈禱

安全區域內與外殺聲震天。

祈禱廣場上萬居民的神情從起初見到袁唯降臨時的雀躍歡欣，逐漸黯淡而惶恐。

從螢幕牆上顯示的空拍畫面，清楚可見到安全區域內聖泉的銀白戰士們漸漸落於下風。

黑色的奈落大軍不斷向前推進，他們凶狠地、粗暴地撕碎所有擋在他們面前的聖泉銀白色戰士。

巨大的蚩尤、孫行者、九尾狐、人面獅等奈落古魔，踏碎了安全區域的圍牆、擊毀了一棟棟臨時住宅，擊斃一個又一個聖泉派出的破壞神級兵器。

聖泉銀白色戰士們的範圍，逐漸退守到整個安全區域最後五分之一的地帶。

廣場上居民的不安逐漸升高，有些忍不住掩面啜泣、也有些似乎想要離開廣場，退入海洋公園他處——這祈福廣場距離外圍安全區域，只有不到一公里的距離，倘若奈落大軍攻破了安全區域內圍的最後防線，下一個目標，自然是這聚集了上萬人的祈福廣場了。

「啊——」居民又是一陣驚呼，安全區域防線裡，聖泉守軍又一隻巨大的破壞神級兵器倒下了，那是整個安全區域防線裡，聖泉守軍最為強悍的一隻破壞神，他甚至擊倒了一隻蚩尤。

但在隨後撲上的九尾狐瘋暴攻勢下，被咬碎了頸子，逐漸倒地。

「吼——」九尾狐仰長了頸子，發出長吼，他高抬起上身，雙爪攀在海洋公園圍牆上，猛力撞擊著圍牆。

九尾狐的舉動引起廣場上的居民一陣巨大騷動，他們不需要透過電視牆，直接便能夠看到一公里處的九尾狐，正試著翻過海洋公園圍牆往這兒殺來。

「大家就這麼放棄希望了嗎？」

舞台上的主持人，用最大的聲音對著麥克風沙啞嘶吼，在重型擴音設備的加持下，本來驚慌要逃的居民，紛紛停下了動作，轉頭望向舞台。

「你們對袁先生的信任，就只有這麼一點點兒？」

主持人吼到哭了，抬手指向天際，螢幕牆上登時出現數個分割畫面，是數架空拍直升機，從不同角度，拍攝到的袁唯的畫面。

只見那些俯視、仰視、遠拍、特寫裡的袁唯，低著頭，雙目微閉、十指交握，且彎

曲了膝蓋──

如同一尊雪白天使，在空中跪了下來。

「看，袁唯先生，正在替所有人祈禱呀──」主持人大哭。

鋪天蓋地的黑色奈落空中大軍，在幾隻古魔天狗帶領下，分成數路竄向袁唯，聖泉一方的空軍，也在十數名天使阿修羅的率領下，兵分多路飛竄攔阻。

幾隻天狗領頭衝鋒，數支黑色空軍狂風暴雨地衝散那白色守軍，往袁唯衝去。

「哇、哇哇！」

「袁先生！」

「完蛋啦──」廣場上的居民不是捂住了雙眼，就是嚇白了臉，或是失神癱坐倒地。

袁唯被黑色羅剎團團包覆，羅剎們開始啃噬起袁唯的肉體和他那雙巨大羽翼。

一片片閃動著銀光的羽毛落下了。

更多人哭了。

「不要放棄！」

主持人狂吼，舞台上所有神之音成員，手牽著手，全跪了下來。「大、家、不、要、放、棄——」

「祈禱，我們替袁先生祈禱、替我們自己祈禱、替美麗的天與地祈禱——」主持人身子幾乎後仰成了反向九十度地哭號吼叫。「希望，一定會到來！神蹟，一定會發生——」

袁唯身後的天使隊伍被衝散了，天使們一對對白色的羽翼，被黑色羅剎摘了下來，啃噬著、扯裂著，血點和白羽點點片片地往下灑。

袁唯依舊成跪姿，他那美麗的銀白袍子被羅剎撕扯得如同碎布，他的雙翅仍緩緩地撲拍，但因爲雙翼上的羽毛逐漸被羅剎咬落的緣故，他的身子逐漸開始下墜。

「哇——」「袁先生……」廣場上的居民，發出了絕望的聲音。

電視牆上，突然出現一幅畫面。

是廣場上一個臉頰上帶著淚痕的小女孩，雙手交握，虔誠地跪著，嘴裡喃喃禱唸著。

工作人員快速操縱架設在舞台四周的大型機械臂，上頭裝設著攝影機，四處尋找著那些誠心祈禱的居民，將他們的臉孔紛紛傳上舞台邊的巨大螢幕牆。十個、二十個、三十個……巨大的螢幕牆，一下子被這些誠心祈禱的居民的身影和面容佔據了。

「看——」主持人陡然瞪大雙眼，倏然起身，朝天上一指。「那是什麼？」所有人抬起了頭，或是看向空中，或是看向螢幕。

袁唯身上發出了光。

「大家的祈禱，我收到了。」袁唯睜開了眼睛，兩道瑩白色的熱淚，從他的眼眶滾了下來，他放下交握的手、舒張開成跪姿的腿，將攀在他身上的羅剎，一隻隻拎起，再鬆手拋下。

那些羅剎在被袁唯拎起的同時，也被捏碎了頸子，毫無反抗也無法反抗地墜落。

「謝謝大家。」袁唯振了振翅，他的身子持續綻放出銀色光芒，他雙翅上那些脫落的羽毛漸漸重新生長出來，體膚上那一道道被羅剎扒出或是咬出的傷痕，也漸漸復元。

「哇——」廣場上的哭聲、慘叫聲一瞬間全消失了，取而代之的是響徹雲霄的歡呼聲，上萬居民全跪了下來，更加誠心、由衷地祈禱起來。

「難……難道！」主持人一雙眼珠子瞪得像是要滾出眼眶一般，激動地大吼：「神蹟終於要出現了嗎？難道，袁唯袁先生，就是上天派入凡世，救贖世人的使者？大家，大家一定要誠心誠意，繼續祈禱，將我們的力量繼續傳達給天、傳達給神、傳達給袁先生！」

「袁先生、袁先生、袁先生、袁先生！」舞台上神之音成員跪成了數排，人人淚流滿面，雙手高舉，對著天空呼喚。

「誰？」袁唯柔和的聲音，應答著下方舞台神之音成員的呼喚，他這麼說完，左肩銀光大盛，穿出一條碩大銀色胳臂。

袁唯迴身揮動銀色巨手，瞬間掃落左側天際一片奈落羅刹。

「是誰，呼喚我？」袁唯問，跟著抖了抖右肩，金光耀眼，金色巨臂倏然伸出，掃飛數十隻羅刹。

「是我們！是我們！是我們！」神之音成員哭叫著齊聲回答：「是您的子民在呼喚您呀！」

在這當下，也沒人有閒暇思索爲何舞台上數十名神之音成員與袁唯間的應答可以如此一致，終於從恐懼和絕望裡解放的上萬居民，人人都激動地含著淚光，將一切希望寄託在天空上那位「偉大的袁先生」身上。

「我的子民，你們呼喚我什麼？」袁唯兩隻人臂在胸口仍擺成祈禱手勢，兩隻金銀巨臂左輪右掃，清空周遭奈落魔軍，他那背後銀色羽翼長得更加巨大，他全身都發出了耀目的光芒。

一束束銀色骨架自袁唯肩頸、背後、胸肋、腿側生出，上下編織交纏，變形的肩胛骨將兩隻巨臂快速向外推撐，尾椎生出的金色骨架持續竄長出巨大的髖骨、腿骨和腳掌骨，上身處也快速竄長出一個披覆著金銀外皮的腦袋——有張比眞實的袁唯更加俊美的面孔。

此時袁唯眞身則被包覆在那巨大金銀骨架胸腔中，在那巨大俊美的臉龐底下，無數金色、銀色、五顏六色的耀眼光絲，瀑布似地四面竄流，片刻之間，就在那巨大骨架外編織出銀白外皮和美麗服飾。

一個數層樓高，綻放著美麗光芒的藝術巨像，在廣場上萬居民的歡呼，以及透過無數攝影機即時轉播中，在全世界無以計數目光下，降臨在海洋公園圍牆內側，張開金銀雙臂，阻擋那些翻牆攻入的奈落古魔和黑色大軍。

「神蹟吶——」主持人雙手緊抓麥克風，嘶聲狂哭大吼：「大家看見了沒有，我們的祈禱沒有白費，神蹟，出現啦——」

「袁先生果然就是上天派來的使者！」「不，袁先生不只是使者，袁先生根本就是天神。」「我親眼看見，天神降臨啦！」

舞台上的神之音成員，每個人透過別在領口上的收音麥克風，你一句、我一句地讚頌著袁唯的神蹟和偉大。

十來名神之音成員經過一輪的個人感言後，跟著同時開口、整齊劃一地喊：「袁先生，求求您，拯救這片美麗的大地；求求您，阻止邪惡醜陋的康諾；求求您，救救全世界的子民。我們所有人，全都是您的子民吶——」

「袁先生？」袁唯緩緩地單膝跪下，張開金銀巨臂，巨大的俊臉露出慈祥的微笑，攤開雙手迎向那頭翻過了海洋公園圍牆，瘋狂朝他撲來的古魔九尾狐。

袁唯像是逗弄小狗般地抱住了衝來的九尾狐。

十數架空拍直升機或近或遠地將鏡頭對準了袁唯，紛紛捕捉到了他那慈祥柔美的笑臉。

「嘎吼……」九尾狐瞪大眼睛仰頸張口，才叫出半聲就斷了氣，腦袋斜斜垂下——袁唯抱住牠的時候，也順勢掐斷了牠的脊椎骨。

「袁先生，已經，是過去式了……」袁唯輕摟著九尾狐的屍身，那張巨大銀色臉龐不僅能夠顯露表情，甚至會落淚，數架空拍直升機的鏡頭，同時捕捉到袁唯巨面眼角那淚痕。

「現在的我……」袁唯溫柔地將死去的九尾狐放下，還輕輕撫了牠的腦袋，緩緩起身。「不再是，以前那個袁唯；不再是，以前那個聖泉的領袖；不再是，以前那個，平凡的人……」

「但我是誰呢？」袁唯搖頭嘆息。

「您是神、您是神、您是神——」神之音成員齊聲應和。

「我只知道，我需要你們的追隨。」袁唯一面說，左手抬起，接住古魔蚩尤揮來的巨拳；右手一揚，袖口立時變形，化出一柄華麗精緻得如同高貴藝術品的聖劍，袁唯握住那聖劍，一劍送入蚩尤心窩。「而我，會用我那永生的生命，永恆地守護你們。」

「但，我是誰呢？」袁唯這麼問，再一劍，斬去接著躍來的孫行者腦袋。

「您是神、您是神、您當然是神——」主持人帶領神之音成員，在舞台上奮力答話。「大家的眼睛都看到了，這是神蹟，這——就是神蹟！袁唯袁先生，不再是聖泉集團的領袖，他是所有人的領袖，是大家的領袖！是這塊美麗大地的守護者，祂是，我們的神——」

「神！神！神！神！」在舞台上的主持人和神之音成員帶領下，廣場上掀起了一波又一波的吶喊，膜拜著、呼喚著袁唯。「神，請您保護我們！」

「我，眞的是神嗎？」袁唯皺皺眉、搖搖頭，伸手摀住了臉龐，後退兩步，露出了猶豫的神情，順手又一劍，斬死另一隻九尾狐和人面獅。「我眞的，是神嗎？」

「是！您是神，您眞的是神！」

□

「你他媽的講相聲啊——」狄念祖大喝一聲，一拳重擊在那追擊而來的夜叉胸口上，將那夜叉打進一面播放著即時新聞畫面的螢幕裡。

四周波光粼粼，數條曲折廊道中閃爍著五顏六色的魚影和水影，這兒是海洋館內的「夢幻長廊」，裡頭結合了立體投影、鏡面反射、立體螢幕和真實水缸，營造出身歷其境的氣氛。

然而在這非常時期，聖泉海洋公園裡所有螢幕設備，播放的全都是即時新聞畫面，新聞主角自然就是袁唯。

一陣陣袁唯的說話聲與神之音成員的應和聲，迴盪在夢幻長廊中，狄念祖一行人一面與追擊的夜叉游鬥，一面持續往目的地推進。

眾人轉入一條安全通道，狄念祖一腳踹飛緊跟在後的夜叉，伸手將安全門關上。

啪啦！夜叉一爪擊破安全門上的玻璃，要抓狄念祖頭臉，被狄念祖拉住胳臂，再被蹦起來的傑克照著臉面射了記麻醉彈。

倏！月光將一根打彎的金屬桿，往安全門破窗外捅去，將那夜叉捅得向後彈倒。

兩名寧靜基地成員自安全通道的倉儲中拉出鐵櫃和貨架，抵住安全門，月光也順手擊破牆角的消防窗，從中取出一柄消防斧頭，這消防斧頭威力自然比不上石頭或是米米變作的大刀大斧，但可比什麼立牌、椅子、垃圾桶好用許多。

眾人繼續向前，一面與田綾香那隊伍聯繫。

「啊！公主，我聽見公主的聲音耶！公主，妳在哪裡，飯有沒有偷吃妳嘴巴，我跟妳說，我剛剛抓到一個笨蛋變態，莫莉說他比飯還噁心——」

通訊設備中傳出糨糊的鬼叫聲，和其他人的安撫聲。

「媽的！」狄念祖皺起眉頭，本想從那聯繫成員手上搶過對講機臭罵糨糊幾句，卻又擔心惹得糨糊講出更多難聽鬼話。

「你們現在在夢幻長廊旁邊的通道？很好，繼續往前，經過兩處展區，來到水底花園，上方就是水林，水底花園附近有一處辦公設施，有通道通往地底實驗室。」田綾香的聲音自通訊設備傳出。

「你們呢？」狄念祖大聲問：「你們那邊情況怎樣？」

「我們很好。」田綾香答：「我們已經確定袁安平和濕婆備料庫房的位置了，夥伴們正分頭趕去。」

磅！

夢幻長廊後方傳來一聲爆響，一陣轟隆隆的沉重奔踏聲快速逼來，眾人回頭，只見後方轉角，奔出一隊奇形怪狀的惡獸，有些似獅似虎、有些似猿似狼，有長著怪角的巨馬，也有長滿怪刺的巨獒。

幾名提婆級別的三頭佛，帶著一隊夜叉，手持能夠放電的指揮器具，朝著狄念祖等人厲聲叱喝，那群異獸立時發出凶猛長吼，一隻隻往狄念祖等人的方向衝來。

「快走！」狄念祖等立刻結束與田綾香的通話，加快腳步往水林的方向狂奔。

寧靜基地成員持著地圖在前方帶路，狄念祖和月光殿後，不時攔阻追得近的兇獸。

磅！斜前方逃生門陡地揭開，又是一隊夜叉殺出，狄念祖身邊這批寧靜基地成員只有接受過簡易的強化改造，體能本便不敵夜叉，也非專業軍人，經驗有限，一路亂戰下來，隨身彈藥早已消耗得差不多，被這隊夜叉近身突襲，頓時傷亡慘重。

胳臂負傷的強邦，被四名夜叉團團包圍，他奮力起腳，踹飛正前方那夜叉，跟著扒倒左右兩名夜叉，再以後腦撞翻那背後架著他的夜叉，猛地一蹦，蹦到兩名寧靜基地成員身旁，逼開圍攻基地成員的夜叉。

兩名寧靜基地成員都幾乎要斷了氣，緩緩抬手，顫抖地將小地圖和通訊設備交給強邦。

後方，狄念祖一拳擊飛一隻三頭佛，月光揮甩消防斧，斬死一隻撲近身邊的怪獒。

「小狄、小狄……前面好多夜叉！」傑克小背包裡的麻醉彈早已用完，索性拋下小槍，自背包裡取出一柄小瑞士刀，氣喘吁吁地朝老乖鬼叫：「老狗你跑快點，別被夜叉逮著啦！」

「誰……誰要你管我！」老乖在幾只展示矮櫃底下鑽著，本來抱著他的成員已讓夜叉擊斃，他落在地上東奔西躲，一名夜叉揮爪扒飛一座展示矮櫃，底下的老乖立刻鑽進另一座矮櫃底下。

那夜叉磅磅磅地接連將最後一只矮櫃也打翻，正要俯身去抓老乖，只見老乖弓起那醜陋駝背、咧嘴一吼，幾條燃火油柱自他隆起那背上的毛孔噴出，其中一柱噴在那夜叉臉上，那夜叉顏面登時著火。

夜叉雖無痛覺，但臉上起火便妨礙了視力，只得伸手抹去臉上的火油，火油還沒抹盡，啪嗤一聲，一柄斧頭深深劈入那夜叉臉上。

月光風般地躍來，一手撈抱起老乖，一手抓著那臉上中斧的夜叉，起腳將他踹倒，順勢拔出消防斧，轉身劈倒另一名逼來的夜叉。

「公主、公主，別碰我，我身上髒汙！」老乖鼓嘴吹著氣，弄熄身上餘火。

「老傢伙，想不到你會害羞啊！」傑克指著老乖喵喵大笑。「你又不是月光小姐的侍衛，怎可以叫人家『公主』？不要臉的傢伙！」

「別吵了，快走！」狄念祖急急奔來，喊著傑克。「他們數量越來越多，擋不住了，我們得快點——」

傑克轉頭，只見後方廊道擁出更多異獸，其中有種怪異壁虎，身形接近小型鱷魚，攀在兩旁水缸壁上、天花板上，四面八方地爬來，又有一群怪異蝙蝠、通體赤紅、利齒突出，圍上狄念祖紛紛張口去咬。

狄念祖左拳連發，將一隻隻蝙蝠擊落，傑克驚駭叫著，持著小瑞士刀在狄念祖腳邊亂轉，看哪有蝙蝠落地，便躍去補上幾刀。

「這邊！」一名負傷的寧靜基地成員大叫，指著一扇逃生門。「走這邊——」所有人立時往那寧靜基地成員所指的方向趕去，大批異獸、夜叉、三頭佛緊追在後。

大夥兒在窄道裡狂奔，狄念祖看看左右，見強邦受傷不輕，起初十來名寧靜基地護衛成員此時只剩四人，不禁感到驚慌，又聽見袁唯的說話聲隱隱從各處影音設備發出，心中更加焦慮，他陡然停下腳步，身旁那扇門傳出咚咚咚的腳步聲。

一個大影在那門邊小窗晃過。

又是阿修羅。

「快走！是阿修……」狄念祖還沒說完，那門便轟然掀開，阿修羅的大腳轟隆踹在狄念祖胸口上，將他踹得轟貼在牆上。

狄念祖嘔出幾口血，伸手抹去，側頭避開阿修羅猛烈擊來的那大拳頭，拳頭擊在牆上的爆聲震得他耳朵嗡嗡作響。

阿修羅六手齊張，打沙包般地照著狄念祖身上一陣亂轟。

狄念祖讓這陣突擊打得毫無招架之力，只覺得胸肋數處發出劇烈疼痛，耳邊只聽見一聲尖叫，阿修羅的拳頭停下了。

原來是月光牽著米米趕來，和這阿修羅在窄道裡纏鬥起來。

「妳別過來，去保護其他人！」狄念祖大喊一聲，彎膝上膛，趁著月光仰退閃避阿修羅拳頭時，使出卡達蹦，攔腰撲倒那阿修羅，跟著翻身坐上那阿修羅腰際，對著他臉面狂毆。

阿修羅也揮拳還擊，好幾記重拳擊在狄念祖臉上、肩頸和胸腹。

磅——

狄念祖一記右拳卡達砲重重落在那阿修羅臉上，阿修羅的腦袋陷入地板，六隻粗壯胳臂紛紛軟下，再也舉不起了。

狄念祖身子一軟，也向後倒下。

「小狄！」傑克奔到向後軟倒的狄念祖身邊，見狄念祖滿臉是血，不禁大駭。「現在才剛開戰，你就傷成這樣……你之前不是才說阿修羅有弱點嗎？怎麼這次……」

窄道空間有限，和阿修羅短兵相接，狄念祖也難以智取，只能硬打，儘管他的身體在急速獸化基因的作用下，比阿修羅略強些，但近距離遭到猛擊，仍然受了重傷。

月光掄劍阻擋著後方追擊而來的異獸，寧靜基地成員則連忙將狄念祖拉起，揭開他衣服檢視傷勢，只見他胸肋嚴重瘀腫，顯然骨頭斷了一堆。

「別擔心，我身上有長生基因，很快就會復元，別停下來，趕快往前——」狄念祖伸手抹著嘴角血污，喊來米米，囑咐幾句，米米立時伸出銀臂，裹上狄念祖身體和左臂，固定住他身上各處斷骨。

眾人繃緊神經，加快腳步，奔至窄道盡頭，推門而出，來到一處美輪美奐的花園。

四周全是高高低低、以白石砌成的花圃，種著各式各樣的花卉植物，那些花卉植物大都也經過基因改造，耐陰性極強，有些甚至能夠綻放著微弱光芒。

白石花圃流動著粼粼波光，光芒來自於上方的透明天花板，一條條大魚小魚游過花園上方——水林。

水林是海洋公園裡最重要的展景之一，是個接近十萬坪的人工湖泊，湖中遍布大大小小的人工島嶼，上頭建有小型動物園、高級餐廳甚至是藝廊。

遊客除了可以遊覽各具特色的小島嶼外，也能在四通八達的水中隧道裡欣賞水下風光。

而這猶如仙境的水底花園，便是水林底下那些水中隧道的重點出入口之一，連接著數條不同方向的水中隧道，其中一條隧道，通往水林一處人工島嶼，島上有座「奇獸館」，裡頭展示著各式各樣的珍奇生物。

那些珍奇生物不僅珍貴且甚至具有攻擊性，因此園裡額外設有一條快速通道，通往地底實驗室地下四層，一旦發生緊急狀況，不論是技術人員還是武裝士兵，都能立即抵達處理。

而存放地底冰壁系統的機房，便位在那條快速通道地下四層出口不遠處，狄念祖等人此行路線，就是通往地底機房的最短路線。

「那邊！」一名負傷寧靜基地成員，持著小地圖，指向其中一條水底隧道，眾人立時加速奔去。

自消防通道擁出的異獸緊追在後，另外幾條通道也奔出一批又一批的夜叉，左右包抄而來。

磅！斜方向一處壁面上的門轟然掀飛——

兩名身披銀袍的阿修羅一前一後地步出。

「哇啊！」傑克嚇得大喊：「小……小狄！又是阿修羅，而且一次出現兩隻，這下完蛋啦——」

「不要囉嗦，快走！」狄念祖咬緊牙關，雙手揪著左右兩邊寧靜基地夥伴的褲腰帶，雙膝連續上膛又擊發，一下子加快奔勢，本來被基地成員攙扶的他，反倒拖著他們快速奔跑起來。

另一邊，月光和強邦，也各自揪著一名負傷的寧靜基地成員，幫助他們加快奔勢，米米抱起老乖、傑克緊追在後，一行人翻躍過一只只白石花圃、踏過一片片綻放螢光的五彩花，朝著目標隧道入口奔衝。

後方異獸大軍、左右夜叉團和阿修羅，也火速夾擊而來，一下子便阻住狄念祖等人去路，將他們團團包圍。

狄念祖等停下腳步，面面相覷，硬著頭皮擺出迎戰架勢。

「主人、主人不是說在這兒安排了援軍接應我們嗎？援軍呢——」傑克見到通往奇獸館那條隧道裡也擁出一隊夜叉，急得大嚷起來。

叩叩、叩叩——

幾記清脆的敲擊聲，自上方傳下。

傑克抬頭，只見數公尺高的正上方，有個兩頰生著魚鰓、雙腳長著魚鰭的小男孩對著底下搖了搖手。

是小次郎。

小次郎腰間懸著三柄短武士刀，拔出一把，興奮揮舞，指了指後方。

眾人回頭，本來只見後方頭頂水域游著一陣陣的魚群，和其他地方水域沒有太大差別，但只見那魚群之中竄出兩隻章魚，一左一右，向下竄游，貼上了底下透明缸壁面，同時也是這水底花園的天花板。

轟！轟！

兩隻章魚分別爆炸。

一記又一記的巨大迸裂聲刺耳劈下，數十道巨大裂痕自兩處爆炸點四面竄開，一塊塊巨大的強化壓克力裂塊隨著大水轟然傾落。

轟、轟、轟、轟！

四周發出數聲相同的炸裂聲，所有人抬頭張望，只見頭頂上那寬闊透明天花板，讓章魚炸出好幾個巨大破洞，一柱柱巨大水流劇烈灌入這地底隧道。

「戴上呼吸口罩！」狄念祖見天花板裂痕迅速擴散，大水瞬間淹至眾人大腿，知道上方水林隨時都會傾垮，連忙取出寧靜基地成員交給他的呼吸口罩戴上。

眾人也依言紛紛戴上口罩，傑克和老乖也各自戴上了一個依照彼此嘴型設計的呼吸口罩。

「吼——」一隻阿修羅猛烈一吼，張揚起六臂，奔向狄念祖。

「小心頭頂！」狄念祖則是抬起雙臂，護住了腦袋。

轟——天花板炸裂傾垮，地底花園瞬間便讓大水淹滿，所有人被激流沖得東倒西歪，身邊一下子多了一群大魚和小魚。

那些古怪異獸、獅虎狼猿，全都不懂水性，泡在水裡胡亂扒抓、張嘴亂咬，大隊夜叉雖不如異獸那般狼狽，但一時間進退兩難，有的憋起氣在渾濁水流裡摸索前進，尋找狄念祖等人身影，有的浮出水面靜觀其變。

「哇咕！」傑克咕嚕幾聲，咬緊了呼吸口罩，只覺得四周天翻地覆，狄念祖、月光、老乖一下子全不知去向，突然感到有隻手一把揪住了他後頸，可嚇得魂飛魄散。

但跟著，傑克感到自己被拎著四處遊竄，那游勢順暢快絕，卻又悠哉輕盈，絕不是那些粗魯的夜叉和阿修羅做得出來的動作。

「是貓兒姊！」傑克扭動身子，反身攀住貓兒手腕，將臉頰在貓兒胳臂上不住磨蹭。

貓兒左手拎著傑克、右手提著老乖，在水裡打了個轉，又發現了強邦，倏地竄去，將傑克和老乖一同以左手摟著，右手一把托住了強邦胳臂，拉著他游。

「咕嚕嚕嚕——」「汪嚕嚕嚕！」傑克和老乖本都陶醉地讓貓兒捏著頸子飛順悠游，突然之間互相擠在了一塊兒，臉頰貼著臉頰、肚子頂著肚子、爪子架著爪子，又驚又怒地彼此推打起來。

這頭，酒老頭和豪強，各自救著一名寧靜基地成員，小次郎拉住了狄念祖，狄念祖撫著胸肋斷骨傷處，勉強擠出笑容，對小次郎豎了豎大拇指，跟著轉頭，只見接應月光那人竟是果果，果果身後還跟著阿嘉。

「你們怎麼連果果也帶來了！」狄念祖瞪大眼睛，咕嚕嚕地說。

「她說我們不帶她來，她就要叫阿嘉帶她來。」小次郎攤著手：「她年紀雖小，但有點用處，我們之中除了貓兒姊之外，就她游得最好，況且阿嘉只聽她的話，多少還是能夠幫得上忙。」

「狄大哥——」果果似乎遠遠地聽見了狄念祖的話，她拉著月光，一踢水便游出好遠，還不時鬆手，在水中打轉，像隻小海豚般，她領著月光游到了狄念祖身旁，說：

「我待在水裡，一百隻夜叉也抓不著我，單獨將我留在陸上，我才害怕，況且阿嘉只聽我的話，多個會游水的阿修羅幫忙，不好嗎？」

狄念祖望了阿嘉一眼，只見阿嘉咧嘴笑著，學著果果的樣子在水中翻身，泳技極佳，一旁的小次郎、豪強的泳技比起先前也進步許多，顯然為了這場大戰，下足了苦功。

「啊！前面。」狄念祖本想稱讚小次郎幾句，但見前頭幾隻夜叉揮爪殺來，連忙出聲提醒。

「阿嘉，開路。」果果轉頭吸了吸嘴，阿嘉身子像是飛箭般射出，竄到夜叉前頭，左扒右抓，瞬間宰了幾隻攔路夜叉。

阿嘉此時的模樣像是個病弱少年，力氣也比不上一般阿修羅，但要收拾夜叉級別的敵人，可綽綽有餘了。

「別跟夜叉糾纏，加快速度前進，田小姐和其他夥伴還等著我們呢——」前頭的貓兒高聲下令，眾人立時散開，從不同方向繞開敵人，竄向那通往奇獸館的隧道，阿嘉一馬當先，扯碎了擋在隧道前的幾隻夜叉，所有人和隨行神宮魚蝦，紛紛竄入那隧道之中，繼續前進。

夜叉、阿修羅在陸上速度雖快，但泡在水裡，卻難以施展身手，只能眼睜睜地看著狄念祖等人越游越遠。

CH05 新劇本

「就算你是上天選中的人，也阻擋不了我！」

粗啞難聽的嘶吼聲，來自成千上萬奈落大軍以肉身堆疊起的那座漆黑高塔頂端。那渾身漆黑的怪傢伙，有一張神似康諾博士的臉，張揚著一雙枯枝般的胳臂，對著緩步走來的袁唯，高聲大喊：「我就讓你見識奈落之王的力量——」

數架空拍直升機上的攝影小組，將鏡頭對準那奈落大軍疊成的高塔，拉大焦距特寫黑色康諾，廣場上的居民紛紛驚訝地騷動起來。

黑色康諾仰長頸子、雙眼突出，紅色的筋脈蚯蚓似地在頸子上竄爬，他不停怒吼，每吼一聲，樣貌便更加怪異一分，他的身上各處穿出黑色人骨，人骨不停向外延伸、糾結，他的體型愈漸擴大，開始自那奈落大軍疊成的高塔往底下踏。

不一會兒，黑色康諾的體型已經變得和巨型袁唯一樣高大，模樣看上去有如一副巨大的黑色人骨骷髏，臉上那漆黑的眼眶中，閃動著紅色的光，咧開的嘴巴裡長滿扭曲醜陋的利齒，一條醜陋舌頭掛在口外，還不停淌下黑色黏漿。

「地獄的惡火將要燒盡大地、奈落的魔軍將要踏平人間！我會讓整個世界，變得漆黑一片！」黑色康諾的喉間滾動著怪異的聲響，像是哽著一塊化不開的濃痰，淒厲吼著：「就算你是神，也阻止不了我！」

「我會阻止你的。」袁唯緩步向前，舉起左手對著黑色康諾，做出「停止」的動作，他那巨大左掌綻放出金銀光芒。

「哇，啊啊！」黑色康諾嘶吼著抬起胳臂擋光，仍一步一步地向海洋公園圍牆方向踏去，下方的聖泉夜叉團和奈落大軍，也持續激烈交戰。

廣場上的居民儘管見到敵方魔頭步步趨近，但已不如先前那樣恐慌，所有人都高舉雙手，擺出神之音專屬手勢，激昂地禱念著祈福話語。

「大家——」神之音成員在舞台上跪成數列，朝著天空舉起手。「在此時此刻，我們不能退縮，我們要將信心和勇氣、希望和愛，全部凝聚起來，傳達給袁先生、傳達給神，我們不能讓袁先生孤軍奮戰，我們要作爲神的後盾，一同對抗邪惡的康諾！」

「你們的勇氣，就是我的，武器。」袁唯揚起聖劍，只見他握劍那手綻放出耀目光芒，絲絲銀流纏繞著整柄聖劍，劍身立時寬闊一倍，劍柄和護手則華麗了三倍。

銀流捲上袁唯胳臂，本來的金銀袍子化成閃亮的鎧甲，銀流從胳臂纏繞到胸背，再流至腰腹和下半身，所及之處，金光刺眼，袁唯彷彿穿上了一副全世界最華美的鎧甲。

「看——我們的信念，和神站在一起；我們的勇氣，和神並肩作戰！」神之音成員吶喊。

「謝謝。」袁唯揚臂，一劍將一頭撲上來的人面獅斬成兩半，再一劍將一隻蚩尤攔腰斬死。

古魔巨大的屍骸，在袁唯身邊堆積成一座小山，袁唯跨過那些屍骸，同時揮動聖劍，劍上綻出火光，火團落在古魔屍骸上，熊熊燃燒起來。

「願聖火救贖你們。」袁唯一面說，一面向前，揚開巨大白羽，縱身飛躍過海洋公園圍牆，高舉聖劍，指向數十公尺外的黑色康諾。「邪惡的康諾呀，冥頑不靈的你，將承受神之怒。」

「就算你是神，也別小看奈落魔王的厲害——」黑色康諾吼叫著，渾身炸出駭人黑氣，數道凶惡龍捲風暴自他身上骸骨捲起，化成一具東洋風格黑色鎧甲，猶如從地獄爬出的武士。

黑色康諾拔出懸掛於鎧甲腰際的武士刀，邁開大步，奔向袁唯，舉刀一斬。

「殺——」

磅——袁唯揮動聖劍，橫攔黑色康諾這一斬，刀劍相撞，炸出一片黑霧金風。

磅磅、磅磅！袁唯和黑色康諾一連對上數劍，不分上下。

「出發。」飄浮在艦隊上方的溫妮，伸手一指，百名飛空部隊連同十數架阿帕契直升機開始向前推進。

溫妮身上的鳳凰基因型態也經過調整和強化，背後那對黃金羽翼碩大而美麗，跟隨在溫妮身後的上百名飛空部隊，全身配戴重型武器，甚至扛著重型機槍和火箭砲。

在溫妮前方，是一整隊緩緩包圍而來的天使阿修羅和鳥人部隊，他們一見溫妮開始行動，也跟著加速攻來。

「發射——」溫妮揚起手，向前一指。

倏倏——倏倏倏——

十數枚飛彈自溫妮背後竄上天際，掠過她頭頂，朝著袁唯的方向飛去。

袁唯空軍像是早已知道斐家艦隊會發動飛彈攻勢，大批鳥人飛升攔阻，以肉身攔阻飛彈，在空中炸開一團團火光。

「再來——」溫妮再次下令，又一批飛彈射出，同樣射不過鳥人大軍張起的肉牆護盾。

「每隔三分鐘，發射兩枚飛彈。」溫妮這麼下令，跟著舉手一揚，領著所有成員向前推進。

大批鳥人和天使阿修羅蜂擁來襲，溫妮雙手一張，隨行飛空獵鷹隊夜叉，立時遞上兩挺重型機槍。

「開火！」溫妮高聲下令，天空頓時火光四射，數十名獵鷹隊夜叉和飛空阿修羅一齊開槍，在上方掩護的阿帕契也射出一批響尾蛇飛彈，瞬間擊落大群鳥人大隊。

十數隻天使阿修羅挺過這陣激烈火雨，持續朝著溫妮的方向進逼，天使阿修羅的肉體能力比鳥人強大太多，甚至比斐家的飛空阿修羅更加優異。

溫妮整支空中小隊，也不過四隻飛空阿修羅而已，此時四隻斐家阿修羅，全緊跟在溫妮身後。

「接下來聽好我說的每一個字、看清楚我每一個指令。」溫妮揚臂比出迎戰手勢，四名斐家阿修羅立時舉起槍擊發，數十名獵鷹隊夜叉也一齊開火，第二波火網鋪天蓋地掃向這一大隊天使阿修羅。

「所有小隊立刻散開，以艦隊爲中心，進行空中游擊戰術——」溫妮在那批天使阿修羅進逼至二十公尺時，陡然拋下手中兩挺重型機槍，從腰間拔出短槍，高聲下令。

本來跟在溫妮身後的四名斐家阿修羅，突然向後分散飛開，百來名獵鷹隊成員也立時三三兩兩地散開，遠遠地朝鳥人和天使阿修羅開火。

溫妮卻是隻身一人，加快速度，飛向浩蕩來襲的天使阿修羅隊伍。

「吼——」三隻天使阿修羅揚開粗重胳臂，數把大劍同時斬向溫妮，倏倏幾劍盡數斬空。

此時的溫妮猶如一道電光，她的速度和反應甚至比擁有高速型態鳳凰基因的斐霏和斐少強更快上許多，她在空中左竄右突，飛過一隻又一隻天使阿修羅面前，對著他們的身子或是臉龐開槍。

溫妮持的手槍，是特製的大口徑槍械，但擊在天使阿修羅身上，僅能傷及皮肉，令阿修羅更加暴躁，而無法造成更大的傷害。

溫妮繞到這批天使阿修羅身後，繼續開槍，再飛、再繞、再開槍。

直到溫妮射完了兩只彈匣的子彈之後，竄到了空中一個大影身前——古魔天狗。

暴怒的天使阿修羅們緊緊追在溫妮身後，恨不得噬她肉、啃她骨。

溫妮朝著眼前的古魔天狗眨了眨眼，瞬間竄至他處。

天狗一叉劈死一名天使阿修羅，其餘的天使阿修羅僅有兩三隻轉向繼續窮追溫妮，大多數則圍上天狗亂戰。

此時空中的奈落羅剎大軍仍佔著多數，這些大大小小的飛空羅剎、古魔，甚至是地面大軍，全聽從著隱藏在陣中那些小頭目的指示行動，小頭目則與神之音部門隨時保持聯繫，按照腳本指示奈落大軍前進或者後退、凶猛進犯或者遭到反擊，以營造一波又一波的緊張情勢。

溫妮便是看準了這點，仗著高速，將天使阿修羅引至古魔天狗面前任其廝殺。

「所有艦隊，北移五百公尺。」溫妮一面飛天，一面透過通訊設備，指揮後方的空軍和艦隊，將斐家船艦調往奈落空軍聚集之處——在聖泉的腳本中，斐家和康諾是同盟，因此奈落大軍並不會主動攻擊斐家艦隊；相對地，聖泉空中武力要攻擊斐家艦隊，不僅要面對斐家獵鷹團，也要面對奈落大軍。

「邪惡的康諾呀——」袁唯毫不在意溫妮究竟做了什麼，不論是雪白美麗的鳥人和天使，抑或是漆黑醜陋的羅剎和古魔，都只是他這場大戲上的龍套角色，他才是主角。

此時此刻，正是主角迎戰反派魔頭的重頭戲，他將全副心思，都放在自己的儀態、神情以及那反覆修改的台詞上。

「你眞的以爲，你能夠憑著黑暗、恐怖、殺戮、鮮血、死亡、暴力……」袁唯橫舉聖劍，擋下黑色康諾一記凶暴劈斬，他一手持劍、一手抵著劍身，擋著黑色康諾凶猛下壓的黑色武士刀，哀愁地說：「統治，整個世界？」

「是啊、是啊！」黑色康諾咧嘴狂笑，鼓足了全身的勁，將武士刀一吋一吋地推向袁唯臉面。「我不但要統治世界，我要全人類世世代代做我奴隸，我要用地獄的惡火燒光整片大地，天是黑的、地是黑的、人也是黑色的，整個世界，都是黑色的，哈哈哈哈——」

「不！我，絕不會……讓你得逞！」袁唯略顯激昂地喊：「我肩負著，上天的旨意；肩負著，全人類的期待；肩負著，全世界萬物生靈的存亡。我，袁唯，天選之人，絕、對、不、會、讓、你、得、逞！絕不會——」

袁唯發出怒吼，綻放金光的雙眼淌下兩道熱淚，他猛力一推，將黑色康諾推開老遠，嘩地揮劍一掃，劍上火光四射，一團團烈火炸進奈落大軍陣中。

「我所愛的人們，請給我更多力量——」袁唯吶喊著奔向黑色康諾，揮劍狂斬。

「大家聽到了沒有，神需要我們的力量，讓我們將全部的力量，都奉獻給神——」舞台上的神之音人員烈聲嘶吼。「神、神、神、神、神！」

廣場上的居民亢奮到了極點，舉起雙手，望著遠方袁唯那巨大銀白身影，全力祈禱助威。

「請允許我打個岔。」溫妮的身影陡然出現在袁唯與黑色康諾之間。

「妳……」袁唯愣了愣，轉頭怒瞪向遠處的聖泉空軍，那些天使阿修羅、鳥人們的速度跟不上溫妮，有些追得緊的，也不知不覺被溫妮引入奈落大軍的優勢處後遭到剿滅，溫妮便這麼隻身一人飛到了袁唯面前。

「袁先生，將我也寫進你的劇本裡，如何？」溫妮以不大不小的聲音這麼說，她身上沒有裝著收音裝置，她的聲音無法傳至廣場和整座海洋公園，她只對袁唯說話。

「……」袁唯皺著眉頭，緩緩變化姿勢，思索著溫妮的盤算，思索接下來該如何應對才不會壞了這場大戲。敵對的黑色康諾，在附近神之音成員指示下，也不敢輕舉妄動，揚著巨大武士刀，裝模作樣地左搖右晃，等待下一步指示。

幾隻天使阿修羅收到命令，迅速包抄飛來，溫妮倏地向前一竄，飛至距離袁唯那巨臉只有不到三公尺的距離。

天使阿修羅減緩了速度，停在距離袁唯臉孔十公尺外，即使阿修羅剽悍好戰，可也不敢冒犯袁唯。

袁唯本來默不吭聲，陡然抬手往臉前一抓，抓了個空。

溫妮竄到袁唯頭頂上方，用只有袁唯聽得見的音量說：「驚訝嗎？這是鳳凰基因的極速型態，你抓不到我的……」

袁唯不等溫妮說完，猛然向後一退，再舉手一抓。

仍然抓空。

溫妮又落在袁唯臉前數公尺處。

「我想跟你做個交易。」溫妮微笑著說：「你現出眞身吧，你現在這副巨大的肉體，雖然擁有強大的力量，但相對拖累了速度，現在的你是不可能抓得到我的，我要你露出原本的身體，跟我決鬥，我想親手替斐姊和斐霏姊報仇。」

「妳以爲我現出原身，妳就能擊敗我？」袁唯關閉了身上的收音裝置，冷冷地答：「我就算不動用梵天巨體，維持原身樣貌，也遠比妳所見到的破壞神，還要強大。」

「我相信你的話，但我還是想賭一賭，這是我唯一的機會。」溫妮淡淡笑著，說：「我對自己進行了重大改造，犧牲大部分的力量，換取現在的超級速度，現在的我，破壞力或許連夜叉都不如，但我擁有一個祕密武器，這武器無法奪你性命，但能夠讓你吃點苦頭。只要能讓你吃點苦頭，我就滿足了，這是我報答斐家的唯一機會……請你答應我的要求。」

「太可笑了！妳在我眼前，不過是一隻蒼蠅，妳有什麼資格和我談條件？」袁唯冷笑兩聲，不再理睬溫妮，大步一跨，揮臂揚劍，向黑色康諾突刺兩劍，黑色康諾立時舉刀格擋，繼續配合袁唯，演起巨大的神與魔之戰。

「袁先生，你說的沒錯，在你面前，我確實和蒼蠅沒兩樣——」溫妮像隻煩人的麻雀般地在袁唯身邊飛繞，她飛至袁唯臉旁，說：「我這隻蒼蠅雖然傷不了你這巨大的梵天金身，但替你這場好戲加油添醋，倒是有許多辦法，例如——」

溫妮說到這裡，突然從腰間取出一只筒狀工具，跟著振翅疾飛，斜斜地掠過袁唯巨臉。

袁唯俊美的巨臉上，出現一條紅色痕跡。

那是特製噴漆。

「……」袁唯伸手抹了抹臉，望著染上紅漆的手指，心中怒不可抑，他本仗著優勢兵力，完全不將斐家放在眼裡，即便斐家艦隊發射飛彈，鳥人大軍也能將之攔下。他壓根沒料到溫妮竟放棄全部的力量，將自身速度提升至極限，闖過他的空防圈，只爲了在他臉上噴漆。

一批天使阿修羅迅速飛來，四面八方地追捕溫妮。

「滾遠點……你們，給我滾遠點啊！」袁唯低聲怒叱，儘管他也迫不及待想趕走溫妮，但在這大戲關鍵時刻，一大群阿修羅和溫妮在他腦袋四周盤旋追逐，那可難看至極。

他大步一跨，往黑色康諾刺上兩劍，像是什麼也沒發生過般。

溫妮更快。

搶在袁唯劍前，竄到黑色康諾骷髏臉前，取出另一罐特製噴漆，在黑色康諾的黑色頭盔上，橫兩道、豎兩道，畫上了個大大的白色的「井」字。

溫妮再在那井字中央，畫了個白色圓圈。

「袁先生，請你照著我的劇本演出，我想飾演頑皮的奈落魔王之女。」溫妮再次飛竄回袁唯面前，先是避開了袁唯兩次巨手撲拍，又繞到他側面，對他說：「你和假康諾對峙，再現出你的眞身收伏我，這不是很帥氣嗎？正合你意啊，不然的話——我絕對有辦法把你的神話大戲，搞成一齣鬧劇。」

溫妮說到這裡，先是避開了兩隻天使阿修羅的突擊，在袁唯身上畫出一道紅痕，再飛回黑色康諾身旁，又在他頭盔上那白色井字左上方畫上個紅色叉叉。

「啊呀，大家看，那是……是……」舞台上的主持人，按著單邊耳機，一面聽從後台人員的指示，一面說：「那是奈落魔王的……女……女兒！她是奈落第二號魔王！力量十分強大，他們父女倆聯手了呀，讓我們繼續替袁先生、替神祈禱，將我們的力量，傳達給袁先生！」

原來袁唯儘管盛怒攻心，卻也覺得與其讓溫妮無止盡地搗蛋，不如滿足她的要求，再伺機將之除去，便透過通訊設備，暗中對著廣場舞台上的指揮人員，臨時改寫劇本。

「很好。」溫妮滿意地飛至黑色康諾肩頭上，伸手搭著黑色康諾頭盔邊緣，淡淡地說：「好戲要上場了。」

CH06 朝向冰壁前進

「這就是奇獸館？」傑克喵嗚一聲，一把摘下那呼吸口罩，揉著讓水刺痛的眼睛。

狄念祖一行人游過了隧道，循著一條彎曲鐵梯走出水面，來到了水林中央這處人工島嶼，前頭是一棟數層樓高的清水模建築。

「本來我們被安排在這兒接應你們。」豪強甩著水說：「但突然收到田小姐通知，她說你們或許撐不到這兒，我們才臨時趕去水底花園上方埋伏。」

狄念祖望著遠方袁唯的背影，見到溫妮站在黑色康諾肩上，還不知發生了什麼事，只聽見後方上空傳來一陣尖啼，轉頭，是一對持著尖叉的鳥人朝著他們俯衝而來。

噠噠！噠噠噠噠——

突然間槍聲大作，奇獸館那水泥建築上竄出幾個獵鷹隊夜叉，持著衝鋒槍射擊那些鳥人，跟著，北面一處人工島和南面水中，也竄出兩小隊獵鷹隊夜叉，分別攔下另幾批鳥人。

所有人還沒看清楚戰況，斐少強迅雷般地自高空落地，雙爪還提著兩隻鳥人腦袋，朝眾人笑了笑，說：「我得掩護哥哥，沒辦法支援你們下去，不過我可以盡量阻止外頭的傢伙下去搗蛋。」

狄念祖指了指遠方的溫妮，問：「她打什麼主意？」

「等等你就知道了。」斐少強淡淡笑了笑，說：「溫妮姊好面子，如果失敗，那就算了，如果成功，我再公布答案。」

「成功了，也由你來公布答案？」狄念祖呆了呆，意識到溫妮這計畫，似乎抱著赴死的決心，他儘管對此有些意見，但此時此刻卻無法浪費時間，只能朝斐少強點點頭。

「外頭拜託你了。」

那頭，豪強扭扭鼻子，猛力一衝，轟隆衝開奇獸館大門，一行人飛快奔入裡頭。

奇獸館內部就像是美術館般幽靜典雅，牆上鑲著大大小小的玻璃框，遠看猶如名畫，走近才發現牆面構造如同水族館，玻璃框內飼養著上百種稀奇古怪的動物——生著人臉的魚、發光的兔子、雞蛋大小的貓和狗、山豬大的倉鼠……

「通往地底實驗室的專屬電梯在四樓……」一名負傷寧靜基地成員，從防水腰包中取出通訊設備與田綾香聯絡，另一名成員則取出針筒，替自己和其他夥伴注射能夠增強體力的藥劑。

一行人循著樓梯逐層向上，只見二樓展示的生物比一樓大一些，三樓的生物又比二樓更大一些。

抵達四樓，所有人瞪大了眼睛。

四樓是挑高空間，天花板超過八公尺，有四處主要展示區，分別展示著一批中小型史前恐龍、一批身長超過四公尺的史前貓科動物、一批站起來近三公尺高的銀毛巨猿，以及數條史前巨蟒。

四處展示區的強化玻璃正快速掀開，恐龍、巨獅虎豹、巨猿和巨蟒，眼中閃動著紅光，牢牢盯住了狄念祖一行人。

「他們知道我們要從這邊下去！」狄念祖東張西望，瞧見了某處牆上裝著那只監視器。「這些傢伙不僅是展示品，也是守衛！」

碰碰啪啪——後方樓梯底下也傳來一陣奔踏聲，來了一批持著尖矛的河童。

「還愣著做什麼，快走！」酒老頭一聲吆喝，大夥兒迅速前進。

吼——數聲狂吼，幾隻巨大貓科動物當先躍出，朝著眾人奔衝而來。

貓兒一馬當先，翻身躍到一隻大獅背上，照著大獅腦袋便是一爪，將那大獅打得摔滾了好幾圈，但隨即便站了起來，朝著貓兒發出怒吼。

「這批傢伙沒那麼容易對付。」貓兒呆了呆，這獅子頭蓋骨比她預料中堅硬許多，她本以爲自己一爪能夠抓爆獅子腦袋。

「米米！帶果果躲上去。」狄念祖指著上方大喊，米米抬起頭，見那挑高天花板呈斜面構造，有許多金屬支架，立時會意，右手高舉化成銀繩直直往上竄，左手一甩化成三條，分別捲上傑克、老乖和果果，倏地將他們拉了上去。

「還有他們，沒問題吧！」狄念祖想起四名負傷寧靜基地成員體力有限，便再次喊著米米。有名寧靜基地成員立時搖頭說：「我能夠戰鬥！」但他話沒說完，米米的銀鞭已然甩下，捲上四名寧靜基地成員腰間，將他們也拉上了天花板。

米米身上化出許多銀繩，捲住不同金屬支架，攜著眾人緩緩前進。

底下那些巨獅巨虎撲了上來，酒老頭一聲令下，眾人開始衝鋒。

「阿嘉，加油，保護大家！」果果在空中大喊，底下的阿嘉尖聲應和，一拳打翻一頭巨猿，跟著高高蹦起，騎上另一頭巨猿背上，揮拳重擊巨猿腦袋，與貓兒一左一右地開路。

酒老頭居中指揮，領著黑風、豪強、鬼蜥和小次郎，掩護著負傷的狄念祖和強邦前進，月光持著消防斧頭斷後，擊退那些揮舞尖矛的河童。

「哇——」傑克被米米提在半空中，轉頭見到一條十數公尺長的巨蟒挺起上身，腦袋距離天花板只有兩三公尺，幾隻河童身手矯捷，用口咬著尖矛，像是攀爬椰子樹般地攀著巨蟒身軀往上爬，踩著巨蟒腦袋一蹦，搆著了天花板上的金屬欄杆，有如猴子般地追遢而來。

米米只得騰出新的銀臂應戰，推進速度緩慢許多，底下的小次郎見了，大叫大嚷地朝著酒老頭奔去。酒老頭馬步一沉、手一攤，讓奔來的小次郎踩上掌心，跟著用力一舉。

小次郎順勢飛蹦，在空中翻了兩個觔斗，揚手搆著金屬支架，持著短武士刀，攔下兩隻河童，與他們在空中交戰；另一頭，月光搶下河童的尖矛，轉身便往天上擲，刺落幾隻逼近米米的河童。

一行人從這頭打到那頭，總算來到位於展區後方一處工作空間，所有人退入那工作空間，搬來桌子、櫃子堵死大門，拖延追兵。

辦公空間裡左面有處鐵欄，鐵欄後頭有一處數坪大小的開放式升降平台，那升降平台其中一端並未緊貼壁面，而是離壁面有一公尺距離，牆上裝設著三道備用鐵梯。奇獸館裡所有珍奇異獸和維護人員，大都經由這升降平台直接往返地底實驗室。

一名寧靜基地成員在那升降平台上操縱一番，平台喀啦啦啓動，眾人紛紛踏上平台、關上鐵欄，隨著平台緩緩下降。

轟隆幾聲巨響，那些巨猿、巨獅撞破了工作空間大門，闖了進來，奔至鐵欄前，撕咬扒撞起鐵欄，狄念祖見這大平台下降緩慢、上頭鐵欄薄弱，肯定擋不住那些巨獸，便指著平台與牆壁間那道寬口，說：「電梯太慢，走樓梯下去！」

狄念祖剛說完，一名寧靜基地成員立時折彎幾支螢光棒，扔入那開口，貓兒探頭望了望底下狀況，跟著縱身一躍，雙手微微扶住鐵梯兩側，飛快往下滑。

上方，一頭巨猿將鐵欄扯開一片開口，試圖往裡頭擠，卻卡在欄杆間，和其他亟欲追殺狄念祖等人的巨猿、巨獅、巨虎，彼此嘶吼推擠著。

河童身形較小，自那些被巨獸撞開的鐵欄間隙擠進，往下躍向平台，不是被月光劈死，便是被阿嘉抓著胳臂或是腿腳砸得貼在牆上。

「下面安全！」貓兒一連滑下數層樓，抵達地底實驗室，那兒是這升降平台的出口，外頭也擋著一道鐵欄。

「小次郎下去幫忙接應，米米帶果果下去。」狄念祖見上方鐵欄轉眼間便要被撞壞，急急大嚷。

米米立時來到平台旁，捲著果果、老乖和傑克往下攀去，寧靜基地四名成員則循著另一道鐵梯向下。

「別用爬的，太慢了，跳下來，我能接住你們！」貓兒在底下大喊。「別一起跳，最下頭的先跳，快——」

攀在鐵梯上那四名寧靜基地成員彼此望了望，可沒人敢跳，他們僅接受了簡易的強化改造，此時各個負傷，若是有個差錯，墜在數層樓高的地面，不死也跌掉半條命了。

「我先！」小次郎見底下四人猶豫不決，嘿嘿笑地翻身躍下。

守在底下的貓兒眼明手快，一雙毛茸茸的大貓爪子穩穩接住小次郎，隨手往出口一扔，說：「把風。」跟著仰頭又喊：「再來！」

寧靜基地成員見小次郎平安落地，又聽見上頭發出磅磅隆隆的巨響，知道是那些惡獸衝破鐵欄、躍入平台，與狄念祖等人廝殺起來。情況緊迫、莫可奈何，其中一人吸了口氣，往下躍去。貓兒順利接著他，跟著再接著了陸續跳下的成員。

巨獸們紛紛躍下緩緩下降的升降平台，狄念祖等人則早已全部自平台間隙躍至三道鐵梯，快速向下攀滑。那些惡獸受限於體型，擠不進平台旁那窄道，在平台上亂成一團，彼此推撞、嘶吼著。

底下的寧靜基地成員退開之後，狄念祖等人也紛紛自鐵梯往下躍，先落地的傢伙便幫忙接人，轉眼間所有人都抵達地面。

狄念祖仰頭見到上方平台仍緩緩降下，撕咬吼叫聲逐漸逼近，立刻喊來米米，交代一番，米米立時將一枚眼睛轉至掌心，揚臂一甩，讓銀臂向上飛竄到升降平台上方，找著位在平台邊緣的升降操縱設備，扳下緊急停止拉桿，使平台停在半空中，困住了這批巨獸。

「這裡是地下二樓D區，電腦機房離這裡不遠！」底下寧靜基地成員翻著地圖，摸清路線，大夥兒正準備離開升降機房，便聽見在外把風的小次郎大喊：「夜叉來啦——」

貓兒、酒老頭、豪強等立時趕出倉房，果然見到廊道末端殺來一隊夜叉，小次郎已持著雙刀上前迎戰。

「你這小鬼！」酒老頭見小次郎莽撞衝鋒，氣得大罵，卻見他一個觔斗避開一名夜叉爪擊，以雙腳爪子扒著那天花板上的溝槽，頭下腳上地照著那夜叉腦袋連斬三刀，跟著再揚起他那蓬鬆大尾巴，擋下另一名夜叉爪擊，隨即回身還上三刀，將第二名夜叉腰間斬出三道大口。

「你啥時變那麼能打啦！」酒老頭望著小次郎奮戰的身影，語氣裡倒是多了幾分讚許。

許久之前，在華江賓館那場大戰裡，持著木刀的小次郎連一隻羅剎都打不贏，還是小孩的他未與其他小孩一同隨著花嬸、壽爺躲去新據點避難，而是跟著大家一同冒險，歷經三號禁區、黑雨機構、奈落、第五研究本部、深海神宮——漫長的冒險下來，小次郎不僅身手進步許多，個頭也長高了些。

「我本來就很能打！」小次郎聽酒老頭難得讚他，開心嚷嚷、得意忘形之餘，一口氣翻了三個觔斗，想要對著眼前第三隻夜叉來記漂亮的迴旋斬，卻斬了個空，摔在地上，眼看那夜叉揚起爪子就往小次郎頭上劈。

千鈞一髮，貓兒大爪及時探到，接著夜叉這記扒擊，再一扒扒花了夜叉臉和頸子。

「哇……」小次郎慌亂掙扎起身，只覺得腦袋磅地一痛，跟著後頸一緊，被酒老頭拎著往後一拋，給豪強接個正著。

黑風、鬼蜥左右跟上，隨著酒老頭和貓兒殺進夜叉隊裡，如入無人之境，一連打翻十幾隻夜叉，跟在後頭的豪強和小次郎，順勢補上一刀或是一腳，將他們殺得死透。

他們在黑雨機構和深海神宮兩度強化改造，力量比過往強悍許多，加上在這狹長廊道裡，夜叉無法圍攻，在貓兒和酒老頭帶頭衝鋒下，先後圍來的幾隊夜叉團都阻擋不了他們，只聽到一陣尖銳警示聲響起，猶自死戰的夜叉突然退開，後方廊道磅磅磅地大步走來三隻阿修羅。

「一次來三個阿修羅啊——」小次郎瞪大眼睛，高聲嚷嚷，搶在前頭開路的貓兒、酒老頭不由自主地緩緩後退，在深海大戰那時，大夥兒仗著半魚基因的優勢，以多打少，卻讓一隻阿修羅追殺得狼狽不堪，壽爺、百佳戰死海底，此時三隻阿修羅一齊殺來，眾人心中驚懼可想而知。

「別硬打，後退、後退！」狄念祖指著前方左右兩條岔道左側那條支道，大喊：

「貓兒、酒老，你們去那兒！」

「指揮阿嘉，死守這條線。」狄念祖揮出拳槍巨臂，以骨節上利角，在長廊地板上刮出一條痕，對著果果這麼說，跟著自己帶著月光轉入左側支道。「其他人通通退開！」

便這麼著，在與這三隻阿修羅狹路相逢的十字岔道中，阿嘉負責死守直道，貓兒、酒老頭、黑風守著左側支道，狄念祖和月光、米米守著右支道。

「阿嘉，別讓他們踏過這條線。」果果拍拍阿嘉胳臂，指指狄念祖畫在地上的那道痕跡，再指指前方走來的阿修羅。

「噫！」阿嘉弓起身子、瞪大眼睛，像是一頭猛獸，虎視眈眈地瞪著前方大步邁來的阿修羅。

右側支道裡，狄念祖旋旋手、扭扭腰，儘管胸肋傷處仍疼，但此時已能活動自如，他低頭摸摸固定斷骨的金屬護甲，連忙喊來米米，吩咐幾句，米米點點頭，像是無尾熊般撲上狄念祖懷裡，雙手雙腳連同大部分軀體都繞流至狄念祖後背，化為一面大圓盾，像是龜殼一般。

狹長窄道寬度不到三公尺，阿修羅六臂大張，幾乎便要擋住整條廊道，狄念祖在右側支道中高聲提醒：「大家聽好，阿修羅不懂合作、不懂戰術，他們和野獸一樣、憑本能行動，我們不是同時對付三隻阿修羅，而是同時對付一隻阿修羅，反覆三次而已！」

狄念祖這麼說，一面探頭望了望那三隻阿修羅，最前頭那阿修羅距離十字岔道尚有十公尺，與第二隻阿修羅相距三公尺。

狄念祖化出拳槍，本想對著第一隻阿修羅擊發蟹甲彈，單獨激怒他，誘他先來，但想蟹甲彈威力微弱，不痛不癢，靈機一動，對背後的米米囑咐幾聲，米米立時探出銀臂，銀臂又細又長，猶如一柄銳刺。

長刺緩緩向前伸出，越伸越長，在距離那阿修羅不到三公尺時，突然加速竄去，直取阿修羅右眼。

阿修羅一把抓住了那銀刺。

但米米化作的銀刺是液態流體，一被阿修羅抓著，立時分成數股細流，貼著皮膚繞過拳頭，再與指間溢出的銀流合而爲一，飛快向前竄，扎進阿修羅右眼。米米一擊得逞，立時快速收回身子。

「吼——」這阿修羅駭然怒吼，全力向前奔衝，奔到了十字岔道，狄念祖突然蹦出，低著頭攔腰抱住這阿修羅。

暴怒的阿修羅掄起兩拳，重重砸下，砸在狄念祖後背、米米化出那大龜殼上，米米這大龜殼外硬內軟，阿修羅兩隻拳頭像是打進了泥沼之中，狄念祖和米米雖感到強大的衝擊和疼痛，卻未受傷。

下一刻，狄念祖箍著阿修羅腰際使出卡達蹦，轟隆彈起，抱著阿修羅重重撞上天花板，算是捱他那兩拳的回報。

強如阿修羅，也讓狄念祖雙膝同時發動的卡達蹦所產生的衝擊力撞得七葷八素。

狄念祖和阿修羅雙雙落地，狄念祖仍緊抱著阿修羅腰際，那阿修羅揚起胳臂，尚未砸下，貓兒的利爪和月光的短斧，已同時劈進他頸椎和脊椎；酒老頭那千斤鈍肘也在下一刻撞上阿修羅腰間；攀在狄念祖身上的米米，更趁隙近距離刺瞎阿修羅另一隻眼睛。

狄念祖扭身一摔，將這阿修羅往後一拋——

阿嘉接戰，一拳擊歪了這重傷阿修羅下巴，再一拳轟扁了阿修羅鼻子，跟著一拳又一拳地擊在緩緩癱倒的阿修羅臉上或是身上。

「吼——」阿嘉仰頭怒吼，似乎像是埋怨狄念祖拋了個重傷敵手給他，但隨即他便咧嘴笑了，第二隻阿修羅，已經來到他的面前——狄念祖故意下令眾人退入岔道，任第二隻阿修羅通過岔口，讓給阿嘉，眾人則轉而包圍第三隻阿修羅。

阿嘉咧著嘴巴，雙眼鮮紅如血，瞪著前頭同樣暴烈如火的阿修羅。

阿修羅本性嗜殺，與果果相處的這段時間裡，阿嘉便總是嘻嘻笑笑，直到此時，遇上了同是阿修羅級別的對手，他的殺戮性情才再次被誘出。

第三隻阿修羅，站在十字岔道正中央，他的左邊是貓兒、右邊是月光、背面是酒老和黑風，正面是狄念祖。

他掄動六拳，不停繞圈，大部分拳頭不是掄空，便是擊在牆角，月光和貓兒的速度都快過阿修羅，阿修羅拳頭掄向月光，月光便退入岔道，貓兒則趁機襲擊阿修羅後背，反之，阿修羅追擊貓兒，月光便斬他腰。

第三隻阿修羅連連怒吼，似乎想將目標轉向速度較慢的酒老頭，但他才轉身，後背便遭到三記重擊，那三記重擊在阿修羅背上，開出三枚血洞。

「這東西好用啊！」狄念祖瞪大眼睛，歡呼一聲，望著左手上那只米米特製的「拳套」，那拳套銀光閃閃，頭端卻生出一公尺長的尖刺。

狄念祖右臂化出拳槍，左手戴著尖刺拳套，遠遠地連發卡達砲刺拳，瞬間在那阿修羅身上開出五、六個血洞，還趁隙回頭，對著第二隻阿修羅後背，也突刺幾拳，其中一拳，刺中那阿修羅後頸。

「吼！」阿嘉陡然發怒，似乎不希望狄念祖插手，他臉上捱了一拳、胸肋也捱了一拳，但他的敵手——那第二隻阿修羅，卻捱了比阿嘉更多上三倍的拳頭——少年體型的阿嘉，力量雖不如一般阿修羅，速度卻快上許多。

「阿嘉，讓狄大哥幫你，你一個人打不贏他！」果果在後頭出聲嚷嚷。

狄念祖也沒被阿嘉嚇退，他知道讓阿嘉一對一對付阿修羅，即便打贏，也是慘勝；他不停前後開弓，一會兒右拳卡達砲，一會兒左拳卡達突刺。

第三隻阿修羅單膝跪下，月光連續四記劈斬，全斬在這阿修羅膝蓋上，劈壞了一把斧頭，也擊碎這阿修羅膝蓋；貓兒順勢一爪扒上他頸子，鮮血爆濺；酒老頭一記頂肘，正中阿修羅臉面，一舉將他擊倒。

幾乎在同一時間，狄念祖右卡達砲，轟隆隆擊在第二隻阿修羅背脊上，這一記猛擊使這阿修羅喪失了大部分的力量，剩下來的，便讓還打不過癮的阿嘉收尾了——

□

地下三樓，特殊實驗室。

四周廊道水流滾滾，大水淹至眾人小腿，且持續緩慢上升，寧靜基地和深海神宮此時控制了海洋公園整個排水過濾系統，深海神宮在四通八達的排水管路裡裡外外，布署了一道又一道軟體動物牆，以及數百隻打水海葵，由小魚小蝦傳遞訊息，讓田綾香、傑夫等指揮官視情況調整地底實驗室水位，一旦成功喚醒袁安平，所有打水海葵便同時啓動，大水會淹沒整座地下實驗室，讓擅於水戰的夥伴們循著水路脫困。

深海神宮的蝦兵和寧靜基地成員們守在特殊實驗室外數條廊道四周，及膝的水中則埋伏著電鰻和卡達蝦。

「夜叉又來了！」幾聲通報自遠而近地響起，數名蝦兵挺著尖叉自遠處奔來。

一隊夜叉緊追在後，他們揚動利爪、拔步狂奔，夜叉的速度遠快過蝦兵，眼見就要追上蝦兵，突然幾條如蟒蛇般粗細的深色長物自水底掀起，阻住那些夜叉去路。

夜叉們揮爪劈斬還擊，在那些長物上斬出一道道深痕，甚至將之斬斷。

陡然間，夜叉們身子僵凝，那些蟒狀長物上伸出一條條長鬚，長鬚閃動著青光，釋放電流——

這些蟒狀長物是鯨艦軀體的一部分，鯨艦在深海神宮成員的指揮下，深入地底實驗室，軀體化成綿延長蛇狀，掩護數路隊伍前進。

被夜叉斬落的鯨艦斷體和碎塊，一落進水裡，黏土小章魚立時散開游向其他鯨艦軀體，黏合成形，再次竄出水面戰鬥。

夜叉們被鯨艦捲著施以電擊，腳下也同時遭到卡達蝦和電鰻的雙重伏擊，一時間難以脫身，蝦兵和寧靜基地成員們持著長叉和尖刀展開突擊，糨糊、石頭也甩出黏臂參戰，一瞬間便剿滅了這隊夜叉。

特殊實驗室裡，田綾香站在實驗室正中央，望著一處約莫十公分高、長約兩公尺半、寬約一公尺的金屬平台。

一旁造景水缸裡，幾條小魚擠在缸壁旁搧鰭擺尾，這些小魚是深海神宮的探子，自海洋公園的排水管路潛入地底實驗室所有造景水缸裡，田綾香等人手上的地圖、掌握的地底情勢，都是由這些分散在四處的小魚小蝦們，一點一滴地零星提供資訊，再由一組專門人員彙整分析，繪製出一幅幅具體地圖。

田綾香身後的寧靜基地成員，瞠目結舌地翻著隨身地圖，其中一張地圖便是這特殊實驗室裡的室內圖，上頭簡易標示出特殊實驗室裡大致儀器位置，那小圖正中央有個長方裝置，那便是用來安放袁安平的睡眠艙。

但此時田綾香面前，卻只剩下一塊金屬平台底座，本來應當安放在底座上的睡眠艙則不見影蹤。

「這……」莫莉瞪大眼睛，攤著手，說：「怎麼回事？我們走錯房間了？」

田綾香與幾名人員仔細比對著周遭儀器擺設，望向那特殊實驗室上方的監視器，再看了看那小水缸裡擠在缸邊的魚兒那副慌亂模樣，她搖頭苦笑，一面吩咐人員聯繫神宮隊伍，找來能夠翻譯小魚訊息的神宮成員，一面說：「我想我們把事情想得太簡單了，這地底實驗室想必有應變緊急事故的制式流程，事故一發生，袁安平會立即被帶往其他地方安置，現在的情況十分合理。」

「問題是他們能將袁安平帶去哪裡呢？底下水位越升越高，正門又有斐漢隆堵著……」莫莉氣呼呼地跺著腳。「最好淹死那些王八蛋！」

「如果我沒猜錯的話……」田綾香若有所思，後頭一名寧靜基地成員大聲回報：「田姊，狄念祖已經抵達電腦機房，開始破解冰壁，情況相當順利。」

「告訴他，破解冰壁之後，立刻將袁氏博物館裡的一切情況都回報給我，我要袁氏博物館裡所有的監視器影像。」田綾香這麼說，一面轉身望著一名組員，問：「通往袁氏博物館的暗道有幾條？」

「田姊，整個地底實驗室，一共有四條通道可以通往袁氏博物館。」那組員揚起手上小地圖，說：「最近的一條，距離這裡應該有兩百公尺，在T區。」

「袁安平被帶往博物館了？」莫莉啊了一聲：「是啊，那博物館裡本來就有個祕密實驗部門……那我們現在該怎麼辦？要直接進攻博物館嗎？我們這支隊伍，沒有太多戰鬥人員吶，要請斐家兄弟下來幫忙嗎？」

「不行。」田綾香搖搖頭，說：「斐家兄弟在外頭游擊，目的是吸引聖泉大部分的戰力，如果他們全進來，聖泉的阿修羅、夜叉也跟著進來，全擠在一起，反而不好行動，甚至會妨礙到狄念祖他們……」田綾香說到這裡，跟著又問身邊手下：「張經理那隊伍準備好了沒？」

「差不多了，他們正往垃圾場集結，我們控制的車輛隨時可以出發。」那手下與通訊設備那端的人交談幾句，抬頭問田綾香：「張經理問妳要將他們派去哪？」

「告訴張經理，走第十七號路線，去地下一樓C點，在備料倉房與我們會合。」田綾香這麼說，跟著轉身揚手，領著眾人匆匆離開特殊實驗室。「所有人聽好，我們立刻去和傑夫會合，一取得濕婆備料，就全力攻打袁氏博物館。」

□

「是、是是是……」吳寶、李家賓、滄海大師三人此時所有的視線，全集中在一處監視器畫面上。

畫面上那人是袁燁。

袁燁身後跟著大隊人馬，其中兩名女僕，左右推著一只長形裝置，那裝置便是不久之前，他們搶先一步自特殊實驗室裡卸下的睡眠艙，睡眠艙上的透明小窗，清楚可見躺在其中的袁安平那沉沉睡容。

袁燁上身披著一件酒紅色絲質襯衫，露出胸膛，他的胸口微微起伏，皮膚滲著奇異汗珠，他的面容英俊如昔，但卻多了幾分邪氣。

不久前，袁燁召集了一批親信研究員，替自己進行了特製基因改造工程，過程十分順利。

袁燁本來十分排斥將這些改造技術應用在自己身上，他喜歡和以前一樣，當個名流貴族、鎂光燈下的明星。

他不想變成怪物。

但二哥袁唯的力量一天強過一天、性情也一天瘋狂過一天，神之音的權勢更是一天大過一天。他想起哥哥、爸爸，乃至於叔叔、伯伯的處境，他的恐懼也一天大過了一天。儘管他相信袁唯不會傷害自己，但他偶爾不禁懷疑，袁唯實踐愛的方式，或許和常人不同。

他不想變成第二個袁安平，他得做出抉擇。

「是我……我們的疏忽。」吳寶堆著笑臉，對著監視器畫面鞠躬哈腰。「還是三哥機警，猜出敵人的目的是大哥……」

「地底實驗室亂成一團，到底怎麼回事？這些水是從哪裡進來的？」袁燁不滿地問。

「這……」吳寶抓抓頭，一時像是不知如何解釋，只得轉頭望了望身旁的李家賓和滄海大師，露出求救的眼神。

「三哥……」李家賓接過話，答：「我們已經找出淹水的原因，敵人控制了整個排水系統，他們的人也是從排水管路攻進來的，但……負責排水管路工程的人員，甚至是大部分實驗室裡的人員，現在都不在崗位上，我們可以調動的人力，只有部分的夜叉和未公開的實驗兵器。」

「你們沒將地底的情況通知二哥？」袁燁問。

「現在外頭的活動正進行到最重要的階段，二哥不准我們打擾他。」李家賓搖頭說：「我們已經調動了所有可以調動的夜叉，也要少數留守實驗室的人員，放出所有能夠放出的實驗兵器……」

「你的意思是，這場活動比大哥的安危更重要？」袁燁冷冷地質問。

「……」李家賓沒有回答，只是和吳寶和滄海大師互望一眼，都露出無奈的神情，表示這不是他們能夠決定的事。

「我們還有一個祕密武器。」李家賓突然說：「是破壞神級兵器，但牠是未完成品，有失控的可能，本來我們擔心會誤傷到大哥，所以並未派出，現在大哥有了三哥你保護，我們可以立刻派出破壞神，底下那些傢伙，絕對不是牠的對手。」

「好。」袁燁點點頭，說：「我現在將大哥帶去你們那兒，替我開路。」

「是。」李家賓三人齊聲應答，跟著轉身下令：「通知十七號研究部門，放出『八岐大蛇』。」

CH07 斐家的驕傲

黑色康諾骷髏臉孔兩個深邃眼眶中的紅眼睛，斜斜地瞥著站在他肩上的溫妮，他當然不明白敵我雙方那複雜的爾虞我詐，而只是本能地按照附近的神之音成員暗中傳來的指令行事。他對於那突然落在自己肩上的小傢伙雖然感到疑惑，但植入在他腦袋裡的控制裝置，發出那嗡嗡響動的指令聲，指示他除非命令變更，否則別攻擊那小傢伙，且必須協助她，繼續與神作戰。

「就算，正義一方的戰士們都倒下了；就算，只剩下我一個……」袁唯的說話聲迴盪在整座海洋公園，他的聲音比先前略顯激昂，也稍稍遲鈍——他正透過通訊設備，頌唸著祈福廣場後台人員與神之音總部的智囊團共同擬出的新講稿。

「我，也會奮戰到底。」袁唯揮動巨大的金臂，揚起巨劍。「我會用我的生命，守護整片大地、守護萬物生靈、守護……所有對我祈禱的人們！」

「大家，讓我守護你們——」袁唯這麼一喊，揮動巨劍，朝著黑色康諾當頭一劈。

黑色康諾橫舉武士刀格擋，磅噹一聲巨響，刀劍相交，炸出一片金風黑霧，袁唯和黑色康諾一個持劍緊迫，一個舉刀橫攔，一時間僵持不下。

「神呀，讓你見識奈落魔王的厲害……」黑色康諾喃喃唸著腦中傳來的指示台詞，陡然怪吼一聲，身軀巨震，雙肩竄出兩條黑龍、兩側腰際竄出四條黑蛇，黑龍和黑蛇捲向袁唯，纏住了袁唯的雙腕、雙腿、胸膛和頸子，且紛紛揚頸長嘯、張開大嘴，狠狠咬住袁唯的手腿胸頸。

袁唯皺起眉頭，第一次露出了痛苦神情。

「神吶——」舞台上，神之音成員哭喊出聲，廣場發起了一片哀淒尖號。「袁先生被咬中了！」「袁先生受傷了！」「袁先生吶——」

「神，你投不投降？」黑色康諾厲聲一喝，格開袁唯巨劍，跟著舉刀反劈，一刀將袁唯那華麗的大劍斬得爆裂碎散。

大劍的碎片如同流星雨般星星點點地墜落，落進腳邊交戰的夜叉和羅剎陣中，砸死一大批敵我士兵。

「我，若降你……」袁唯說：「那整個世界，要萬劫不復了……」

「沒錯。」黑色康諾咧開嘴，嘻嘻嘿嘿笑了起來。「我要將大地化成奈落，讓黑暗吞噬全世界，也吞噬你——」

黑色康諾說到這裡，挺起武士刀，刺入袁唯腰際。

「唔……」袁唯仰起頭，發出苦痛的呻吟，他那被黑龍咬著的四肢和胸頸都冒出了黑煙，被黑色康諾以武士刀刺進腰際的傷處也冒出了黑煙。

「天吶——」舞台上的神之音成員和廣場上萬居民哭天搶地的哀號聲響徹了天際。

「不錯、不錯……」溫妮站在黑色康諾肩上拍了拍手，哈哈笑了起來，她一縱身躍上黑色康諾那條纏著袁唯頸子的黑龍，黑龍巨身足足有門板寬厚，溫妮半飛半走地踩著黑龍後背，走向袁唯。「看得出來這一段排演很久了呢。」

黑色康諾和袁唯便這麼僵持著，數架空拍直升機紛紛飛近，攝影人員將鏡頭對準了袁唯、黑色康諾，和那走在黑龍背上的溫妮。

「袁唯，現出你的真身吧，就在這條巨龍背上和我決鬥——」溫妮高聲說。

「……」袁唯靜默半晌，透過通訊設備，緩緩對著神之音總部下令：「給我聽好，她要送死，我成全她，你們替康諾想點台詞，拖延時間，等我現原身解決她，再按照原本的腳本繼續進行。」

「是！」神之音總部裡，吳寶立時應答，他轉過頭對李家賓和滄海大師擠眉弄眼，像是在詢問是否將地底實驗室裡遭到多路人馬進犯這件事告訴袁唯，李家賓和滄海大師自然明白吳寶的意思，一齊搖頭。

李家賓低聲說：「你專心替魔王想台詞，別壞了老闆大事，三哥我來應付。」

「嗯……」吳寶點點頭，想了想，搖搖手指命令手下接通黑色康諾的通訊裝置，直接對著黑色康諾下令：「神，你的身體、你的雙手雙腳、你的劍，都臣服於我了……」

「現在，只剩下你的心，還未臣服於我……」黑色康諾照著吳寶的指示一字一句地說，跟著咧嘴大笑起來。「我就派出我的寶貝女兒，奈落魔王之女——」

黑色康諾說到這兒，突然停頓半晌，原來是後方指揮的吳寶，正搔著頭和手下討論這突然迸出的奈落魔王之女該叫什麼名諱。吳寶思索幾秒，見滄海大師不住擠眉弄眼地催促，只好繼續說：「挖出你的心臟，作爲奈落降世前的祭旗聖物，我會在世人面前，親口吞下它，嘎哈哈哈哈——」

「我對心臟沒興趣呢。」溫妮嘿嘿一笑，踏著黑龍來到袁唯巨臉面前，從綁在大腿間的刀袋中，抽出一柄軍用獵刀，直指袁唯雙眼。

「即使，斷我雙手；即使，斷我雙腳；即使，廢我五感……」袁唯微微仰頭，閉上雙眼，喃喃禱唸著那些事先想好的大戲台詞：「我的心，也不會歸降於你；我的靈魂，永遠不會放棄眾生……」

「是嗎！」黑色康諾齜牙咧嘴地緩緩向袁唯逼近，將插在袁唯身上的武士刀刺得更深，數條咬著袁唯肉體的黑龍黑蛇，也凶殘地扭頭甩頸，像是想要扯裂袁唯的骨和肉一般。

「大家、大家不要放棄，我們全心全意替神祈禱！」神之音主持人狂哭吶喊，帶領著廣場上萬居民哀淒而肅穆地含淚祝禱起來。

空拍直升機上的攝影人員調整拍攝位置，避開了袁唯那被溫妮以噴漆塗上的紅痕，將鏡頭對準了袁唯仰起的俊美臉龐，此時的他臉上已不見痛苦愁容，取而代之的是一抹寧靜慈藹的微笑。

「你想要見我的心、我的靈魂……」袁唯的說話聲像是從胸膛發出，他緩緩微睜雙目、口鼻，綻放出一陣陣的光芒。

「那是什麼？」神之音主持人大聲吆喝之下，廣場上萬居民都從空拍特寫畫面裡，清楚見到袁唯口中，踏出一個人形影子——

那是袁唯卸下梵天巨體後的眞身，他跨出梵天巨體的口，踏上纏繞巨體頸子的黑龍，望著朝他緩步而來的溫妮。

「我直接讓妳看看吧。」此時袁唯的話語聲，聽來猶如發自夢裡、水下一般，這聲音來自於神之音總部的電腦合成語音設備，擬稿人依舊是曾經寫過網路小說的吳寶。吳寶一面檢視筆記型電腦上的講稿，挑出事前備妥的段落，配合當前情勢，略加修正後傳給後台廣播人員，經過電腦合成人聲音效後，透過擴音設備傳至廣場上。「我的心、我的靈魂，就站在你們面前，想要，就過來拿吧……」

「呵呵。」溫妮笑了笑，持著軍用獵刀，踏著黑龍後背，緩緩走向袁唯。

「……」袁唯神色陰晴不定地望著距離他數公尺的溫妮，問：「妳究竟打什麼主意？妳非要我顯露原身，難道妳在身體裡安裝了自爆裝置？我可以告訴妳，我身上有火神基因，炸彈殺不了我的。」

「我可以直接告訴你，不是炸彈。」溫妮淡淡一笑，說：「你身上的毗濕奴基因，從長生基因改良而成，也是當初袁齊天老闆夢寐以求的永生基因，這些我們已經調查過了，我知道炸彈殺不了你，我們也沒有把核武裝進人體裡的本事，你大可以放心。」

袁唯聽溫妮這麼說，依舊滿心狐疑，但若讓溫妮持續搗蛋，或是指派大批天使阿修羅圍捕溫妮，都會讓他這場神話大戲，變成鬧劇一齣，因此他選擇以真身本體面對溫妮。

「不管……妳口中的祕密武器是什麼。」袁唯一字一句地說：「我舉手就能殺了妳。」

「我相信你這句話。」溫妮左右看了看那數架空拍直升機，機上的攝影人員，將鏡頭對準了她和袁唯，她笑了笑，揚起雙手，拋下獵刀，踮了踮腳尖，在黑龍背上騰蹬飛起，背上金黃羽翼張揚，在空中繞了個圈，順手解下一身黑色軍裝——她那身黑色軍裝經過特殊設計，有隱藏拉繩，能夠瞬間脫下。

黑色軍裝裡頭，是一襲雪白短袍。

彷如天使。

「不過我建議你思考一下，怎麼殺我比較符合你想要替自己塑造的形象。」溫妮重新落在黑龍背上，雙手輕拉白袍下襬，笑咪咪地向袁唯微微彎膝鞠了個躬。

「……」袁唯皺起眉頭，一時間仍不明白溫妮究竟打著什麼算盤，但他倒是聽得懂溫妮的意思——溫妮在數個拍攝鏡頭下露出美麗的面貌，倘若他出手過於血腥殘忍，總是有損慈祥的形象。

「這樣好了。」溫妮見袁唯不發一語，便說：「用火如何？」

「火？」袁唯不解。

「你不是擁有火神阿耆尼基因？」溫妮伸出右手，說：「不妨和我握手，用神聖的火，淨化我邪惡的身體。」

「妳的祕密武器藏在手裡？」

「對，且我在發動攻擊的前一刻，我的面貌會變得極其醜陋。」溫妮笑了笑，說：「完全符合你的需求。『邪惡的奈落魔王之女，忝不知恥地僞裝聖潔，想誘使神疏於防備，卻又趁機偷襲，最終被神以聖火淨化。』這劇本不錯吧。」

「妳想賭……在被我以火神烈火燒死之前，攻擊我的原身？」袁唯面無表情地問。

「是啊……」溫妮點點頭、微微笑，突然瞬間向前突進，右手閃電般抓向袁唯頸子。

袁唯握住溫妮右手。

脫離梵天巨體的袁唯，速度加快許多。

溫妮燦爛一笑，像是早知道袁唯能夠擋下她的突襲，她的右手也同時搭上袁唯手腕，用上全身的力量，猛力一握——

在那一刻，溫妮的臉孔出現了極大的變化，她全身雪白的肌膚竄出片片漆黑古怪的羽毛，五顏六色的浮突筋脈，循著溫妮的胸口散開，往她右手蔓延竄長。

很快地，她緊握著袁唯手腕的手，漸漸鬆開，她的力量在一瞬間便耗盡了。

溫妮精心策劃的最大反擊，在極短暫的瞬間便結束了。

「妳剛剛那一握……說不定能夠握斷阿修羅級別兵器的腕骨。」袁唯忍不住嘿嘿一笑，說：「不過……」

「不過你比破壞神還強，我知道，你說過了……」溫妮沙啞笑著，她一雙眼睛變得通紅一片，兩道鮮血淌過生出一撮撮難看羽毛的臉頰。

「唉。」袁唯搖搖頭，對著面目猙獰的溫妮露出憐憫的神情，盯著溫妮鬆開的拇指上那枚短刺，低聲說：「妳的祕密武器是毒液，所以妳想接觸我的原身，非要和我握手，其實我已經猜到了。」

「你猜到，但還是和我握手了……」溫妮滿足地笑著說：「我的力量……遠不如你……殺不了你、斷不了你的骨、剮不了你的肉，但我將全部的力量集中於一點……刺透你的皮膚，這就足夠了……」

「天眞。」袁唯哈哈一笑，刻意轉動手腕，將溫妮拇指尖刺刺中的部位轉向溫妮，他的腕上有處極小的針孔，他說：「顯然，妳並不是很瞭解神的力量。」

滴滴點點的青色液體，自袁唯腕上那針孔滲出。

「我的身體，不怕任何毒。」袁唯說到這裡，再次將通訊頻道切換爲擴音設備，高聲說：「奈落魔王之女呀，妳終究無法奪取我的心和我的靈魂，這是因爲，黑暗，始終戰勝不了光明。」

「無論如何……」溫妮一雙淌血紅眼，盯著袁唯手腕，面無表情地喃喃自語。「我已做了我所能做的任何事……」

袁唯雙眼閃現金光，手掌竄起烈火，烈火捲裹上溫妮胳臂，迅速延燒上她那生滿醜陋黑羽的身軀。

「看吶——」舞台上的神之音主持人，指著巨大螢幕牆，所有人都見到發動突襲的溫妮，被袁唯抓住了手之後，瞬間變得猙獰醜陋，且跟著全身燃起烈火。

「大家，神終於要展現祂眞正的力量啦！」主持人嚎叫著，廣場上響起一片又一片的歡呼。

溫妮在火焰中，仍然維持著微笑，她將一雙燃上烈火的金黃羽翼張揚得極開——那巨大的金黃羽翼，生自於鳳凰基因，代表著斐家的驕傲。

「奈落魔王之女，即便妳受了天火懲罰，我仍然願意爲妳祈禱。」袁唯鬆開手，任由溫妮向後仰倒。

「斐姊……」溫妮閉上淌血雙眼，全身燃成一團火球，頭下腳上地向下墜落。「若有來生，願我……能夠當妳眞正的孩子，能夠喊妳……」

「媽媽。」

CH08 八岐大蛇

存放冰壁系統的機房，比眾人想像中狹小而昏暗，僅約十坪大小，機房左側是兩張辦公桌，兩名工作人員被綑綁在椅子上，口中也塞著東西無法喊叫。

機房右側堆著數排層架，層架上擺著一座座生物電腦冰壁，每只冰壁旁，也擺著「橋」，各式各樣的特殊線路被固定在層架背面，連結著冰壁和橋、內部電腦系統以及對外的網路。

那兩名手腳遭到綑綁的留守人員，露出不可思議的神情，盯著盤坐在一處層架前的狄念祖。狄念祖只花了五分鐘，便破解了這地底實驗室的冰壁系統——上一次他在海洋公園行政中心，可花了相當長的時間，才取得整個海洋公園電腦部門的核心權限。

那是因爲當時他一來必須小心翼翼地避開電腦部門的監控，二來第一次使用狄國平的火犬攻擊程式，操作間謹愼許多，此時既已正面開戰，狄念祖也不再擔心會否爲人發現，心中再無顧忌，快速入侵，片刻便取得了整個地底實驗室的權限。

狄念祖盤著腿，席地而坐，托著下頜盯著眼前兩台筆記型電腦螢幕。

老乖神情疲累，伏在狄念祖腳邊，他背上隆起的窟窿裡，分別插著連結狄念祖筆電和冰壁系統的線路。老乖顫抖地舔舐著月光推到他眼前的那小碟汽油。

狄念祖臉上看不出喜悅，他懶洋洋地按下一鍵，這冰壁機房內數面電腦螢幕立時出現他的臉，這畫面來自於他面前筆電上的視訊設備。

數名寧靜基地成員見狄念祖將自己的視訊畫面，傳至機房螢幕上時，立時歡呼一聲，其中一名成員拿起對講機，打算將這好消息告訴田綾香。

「……」狄念祖突然轉頭，對那寧靜基地成員說：「情況沒有預期中順利……」

「什麼……」那寧靜基地成員瞪大眼睛，不解地問：「什麼？你不是成功入侵了嗎？」

「算是吧……」狄念祖聳聳肩，說：「現在我可以控制整個地底實驗室的燈光、一些經由電腦控制的門窗、空調設備、排水管路，甚至是某些實驗儀器……但是我發現很多實驗部門的資料庫都被清空了，他們還有一個位階更高的指揮中心，可以管理兵營、軍事設備、儲存核心機密資料的部門，且那個地方同樣有冰壁負責阻隔外界入侵……」

「那會在哪裡？」一名寧靜基地成員攤手嘆息，另一名寧靜基地成員立刻怒目橫眉地揚起槍械，轉身準備去拷問那被扔在角落的幾名機房人員。

「別浪費力氣啦。」狄念祖出聲喝止：「當然在袁氏博物館裡。」他邊說，邊操作電腦，調出一張地圖，地圖上顯示著整個地底實驗室電腦機房能夠控制的範圍。「不管是上次遊客行政中心，還是在這地底機房，我都沒辦法接觸到袁氏博物館裡的電腦設備，最高控制中心當然在那裡。」

「那我們現在應該跟田小姐會合嗎？」一名寧靜基地成員問：「田小姐已經開始調動人馬，打算進攻袁氏博物館了。」

「我想想……」狄念祖低頭沉思，本來即便只取得地底實驗室的部分權限，也足以成功掩護眾人在劫走袁安平之後順利撤退，但數分鐘前，他們接到田綾香的通知，得知睡眠艙已經被人劫走。

狄念祖按下幾個鍵，這冰壁機房裡數面螢幕，立時顯現出地底實驗室各重要監視器畫面，他說：「袁安平想必被帶往袁氏博物館，他們不會讓我們這麼順利攻進袁氏博物館，不管是地底還是地上，肯定還有伏兵，我們兵分兩路，一部分人支援田小姐，一部分留在這裡，這個地方還是有用處。」

狄念祖指著那數面電腦螢幕，說：「我留在這裡可以控制地底實驗室某些設備，同時還能監看四周動靜，我能將地底最新情報通知你們，甚至替你們清除障礙。」

數名寧靜基地成員立時將狄念祖的建議回報田綾香，取得同意後，大夥兒很快分成兩隊——強邦和兩名寧靜基地成員，以及酒老頭等華江賓館夥伴們，抄最近路前往田綾香指定的地點，協助攻打袁氏博物館；狄念祖、月光、果果和阿嘉，以及兩名負責傳達訊息的寧靜基地成員，留守地底冰壁機房。

傑克雖然亟欲與主人田綾香會合，但沒有足夠戰鬥能力的他，也難以參與接下來的攻擊行動，在任務分配時，田綾香親口吩咐傑克負責看照老乖，協助狄念祖指揮調度，傑克便也乖乖按照主人命令執行任務，伏在老乖面前，與他大眼瞪著小眼。

「田姊，K點和Y點，又出現兩隊夜叉，正往你們那兒去。」兩名寧靜基地成員，分工盯著數十處分割監視器畫面，將情報回報給田綾香。

「那是什麼？」果果指著角落一處監視畫面，瞪大眼睛尖叫。

眾人望向果果指的那畫面，只見一處長廊轉角牆上閘門敞開著，一個巨大且怪異的東西緩緩蠕動。

狄念祖立刻不停切換監視畫面，將幾處鄰近鏡頭畫面放大，只見數個監視畫面都照到同一個深褐色、布滿鱗片、緩緩蠕動的寬闊軀體。

儘管那巨大的軀體遠遠超出監視畫面範圍而難以窺見全貌，但眾人立刻從那軀體蠕動的感覺，判斷那是一條巨大到超乎想像的蛇。

「這東西在地下一樓！」狄念祖持續切換畫面，總算找著蛇頭，他對著一旁的寧靜基地成員大喊：「快通知田小姐，有條大蛇往存放濕婆備料的庫房前進，傑夫他們有危險！」狄念祖一面喊，突然又操作電腦，切換畫面，尋找傑夫一行人的身影。

此時傑夫率領的衝鋒隊在神宮衝鋒隊和鯨艦軀體開路下，已經抵達位於地下一樓的濕婆備料存放庫房，蝦兵們持著尖叉，在庫房大門外建立起數道防線，周遭數條廊道中，遍布著一具具敵我雙方的屍骸。

這庫房空間極大，幾乎和一座停車場差不多大，裡頭是數十座狀如水塔的巨大金屬桶子，深海神宮蝦兵們紛紛攀上那些金屬巨桶，試圖破壞桶蓋上的鎖頭。

傑夫則親自帶領一批研究員，擠在幾處電腦儀器前，七嘴八舌地討論濕婆裝置的操作方式。

「傑夫！」狄念祖突然靈機一動，快速操作一番，對著視訊鏡頭大喊：「有條大蛇向你們那邊前進，你們快離開那個地方！」

幾處庫房裡的監視畫面裡，傑夫等人全部停下動作，東張西望尋找起聲音來源。

原來狄念祖將自己的視訊畫面，傳至地下一樓裡全部的電腦螢幕上，也包括那備料庫房裡的幾處電腦螢幕。

「看，傑夫好像有話想對我們說。」果果指著一處分割畫面，傑夫奔到了一處監視鏡頭前，氣急敗壞地大叫大嚷起來。

狄念祖似乎知道傑夫想說些什麼，苦笑著又快速操作一番，將那拍著傑夫的監視器的收音裝置開啓，傑夫的叫嚷聲立時傳出。

「狄念祖，你搞什麼鬼？我正在研究怎麼使用濕婆備料裝置，你把螢幕切換成你的臉部特寫，我這邊怎麼進行下去，快把畫面變回來呀！」傑夫漲紅了臉怪叫。

「你先聽我說！」狄念祖點點頭，說：「有條大蛇往你們那邊去了，你們先撤退，我試著遠端操縱你那批電腦設備，幫你打開那些桶子。」

「不行吶，你根本不知道濕婆備料的處理過程！濕婆備料在接觸空氣前，需要經過一連串的手續，溫度、藥劑都要調整到恰到好處，不然會失效的！」傑夫一向斯文，此時也顧不得形象，急得大吼：「狄念祖，快把螢幕恢復，不要浪費大家時間——」

「好。」狄念祖莫可奈何，結束視訊畫面，但隨即從透過備料庫房裡的擴音設備，繼續說：「我現在能夠看見你那邊的螢幕了，教我怎麼操作……」

傑夫也不搭理狄念祖，指揮著眾人員忙碌工作起來，此時只見數十座巨大金屬桶子，側面警示燈一盞盞亮起。

「他們開始替備料加溫了……」一名寧靜基地成員這麼對狄念祖說：「我聽田姊說，濕婆備料平時以零下七十度存放，必須加溫到三十七度，才能夠恢復活性。」

「『濕婆備料』到底是什麼東西？有那麼重要嗎？大蛇離他們越來越近了，他們為什麼不快走？」傑克繞著那寧靜基地成員打轉，連珠炮似地問：「現在袁安平已經不在了，大家還窩在地底做什麼？趕快去把袁安平搶回來呀？」

「那些備料或許是我們唯一能打敗袁唯的武器……」狄念祖一面操作著電腦，一面指揮寧靜基地成員和果果分工監看機房內數面電腦螢幕，他喃喃地說：「你這段時間都待在遊客行政中心裡，所以不知道濕婆備料的重要。」

「所以那到底是什麼？」傑克問。

「你還記得袁唯對自己進行的三項基因改造工程嗎？」

「記得呀，是梵天、毗濕奴……跟濕婆基因！」

一名寧靜基地成員見狄念祖忙碌操作電腦，便接過話，對傑克說明：「梵天基因將袁唯的肉體強度，提升到空前絕後的境界，遠遠超過聖泉所有破壞神級別兵器；毗濕奴基因則負責提供足夠的能量，讓袁唯盡情使用他那強大的肉體，甚至快速修補一切傷害，等於是強化版的長生基因。當時在深海神宮裡，杜恩博士身體裡的『永生基因』，就是毗濕奴基因的改良版。」

狄念祖目不轉睛地盯著電腦螢幕，大蛇逐漸逼近備料庫房，庫房中數十座巨大金屬桶子，溫度不斷提升，傑夫指揮著眾蝦兵，將庫房裡所有能夠搬移的櫃子、器具，往庫房大門堆放，像是想要將大門封死。

狄念祖皺起眉頭，緊咬下唇，不停切換畫面，他判斷大蛇的前進路線，一連關閉三道閘門。

但這地底實驗室在當時袁唯的創世計畫後才趕工興建，建材結構強度遠不如黑雨機構裡那些攔阻門，幾道閘門禁不起八岐大蛇幾次衝撞，便給撞得崩開。

「而濕婆基因，則好比是袁唯的『武器』。」那寧靜基地成員繼續說：「擁有梵天和毗濕奴基因的袁唯，肉身能夠任意增長巨大化，幾乎等於無敵，但他可不想時時刻刻光著身子示人，他需要能夠隨心所欲變化的衣飾和武器，讓他在展現肉體力量時，也能同時呈現美感，於是杜恩博士替他設計出『濕婆』。」

「現在外頭，袁唯身上的衣服、手裡的武器，全都是濕婆基因變出來的道具。」寧靜基地成員說。

「那『備料』呢？什麼是備料？」傑克問。

「備料就是剛剛那個假康諾囉。」寧靜基地成員答：「袁唯需要一個看起來強悍的魔王，他要在世人面前將魔王擊潰，以顯示自己的強大；濕婆基因能夠任意變化模樣，是打造魔王的好材料，但濕婆基因同樣需要強大的能量驅動，也就是毗濕奴基因，但那樣一來，這魔王又強過頭了，袁唯不想讓其他人擁有接近他的力量。『備料』就是因應袁唯的需求特製出來的材料。」

「這些備料有時效性，能夠透過『濕婆裝置』加以指揮，任意變形、使用。」那寧靜基地成員想了想，說：「用法嘛，就好比……你想像身上揹著一個女僕計畫裡的小侍衛，且你與那小侍衛心意相通，能夠直接操縱他們的身體作戰，直到濕婆裝置和備料的能量用盡爲止——這就是現在外頭那假康諾的眞實身分。」

「什麼呀，原來濕婆就是大一號的糨糊弟，這樣聽起來就不怎麼威風了。」傑克攤攤手說：「不過墨三和傑夫可以在這麼短的時間內設計出濕婆裝置，眞不簡單呢！」

「小貓你過獎啦，我們可沒那麼厲害！」監視畫面裡，傑夫對著監視鏡頭，大聲喊：「爲了造這裝置，我和墨三確實絞盡腦汁……不過成功的關鍵，其實是杜恩博士，我們是按照杜恩博士提供的設計說明打造出來的。」由於狄念祖開啓了擴音設備，庫房和冰壁機房的對話能夠互通，傑夫聽得見傑克說話，便插口解釋。

「杜恩？」傑克呆了呆，問：「杜恩不是被我們困在海底了嗎？關他什麼事？啊！難道康諾博士在底下打贏他了，逼他說出濕婆基因的祕密？」

「打贏他？」傑夫一面指揮研究員操作儀器，一面搖頭說：「哪這麼容易，杜恩博士肉體的力量，或許僅次於袁唯，但是他有個把柄在我們手上。」

「把柄？什麼把柄？」

「就是第二座聖殿神宮，深海神宮。」

一旁的寧靜基地成員見傑克歪著頭甩晃尾巴，像是不明所以，便解釋：「深海神宮有自我毀滅機制……」

「是呀。」傑克恍然大悟，說：「本來我們的計畫，就是倘若殺不了杜恩，就跟他同歸於盡……啊，你是說，康諾博士利用這一點，在海底威脅杜恩？」

「與其說威脅，不如說是交易。」狄念祖突然插嘴。「那是個從一開始就講好的交易。」

「可以這麼說。」監視畫面裡，傑夫點點頭，說：「杜恩博士花費許多年，在南極研究第一座聖殿神宮，且將尋找第二座聖殿神宮，視爲最重要的目標，現在他的心願終於達成了，豈會讓神宮自我毀滅。」

「當時康諾博士受擄，誘出杜恩，表面下達戰帖，實際上雙方心底都有著默契，深海大戰是一場有限度的交戰，康諾博士首要目標是除掉杜恩、杜恩的首要目標是奪取神宮，但如果雙方都不能達成首要目標，自然必須退而求其次。」傑夫說：「對杜恩而言，雖然聖泉提供他無限資源，讓他進行一切研究，連自詡爲神的袁唯，都將他奉爲導師，但相較之下，當他踏入抵達深海神宮的心臟地帶，發現深海神宮擁有生命和自我意識，能夠解答他多年累積下來的太多疑問、能夠滿足他一切好奇心，讓他繼續研究幾十年，甚至找到第三、第四座聖殿神宮——這樣的魅力，想必遠遠超過聖泉和袁唯所給他的，而他所必須付出的，便只是提供袁唯某些弱點給地面上的我們，對他而言，這條件一點也不吃虧。」

「什麼，杜恩要提供袁唯的弱點給我們？」傑克瞪大眼睛，喵喵地說：「照你這樣說，那個瘋子杜恩，現在站在我們這一邊了？」

「不，他始終站在自己那一邊。」狄念祖插嘴：「聖泉提供他研究所需的資源，他提供聖泉想要的研究成果，兩邊等價交換，南極基地玩膩了，他只是換個玩具而已。」

「是啊。」傑夫接著說：「杜恩完成了永生基因，他擁有無限多的時間，聖泉提供的金錢和權力，對他來說根本不值一文，好不容易找到的深海神宮，才是他往後活著的意義。袁唯那個神經病將杜恩當成精神導師，但杜恩自始至終卻只當袁唯是個神經病而已。」

「所以濕婆裝置就是我們向杜恩換來的祕密武器——」傑克喵喵叫嚷：「現在我終於懂了，有瘋子杜恩幫忙，要打贏神經病袁唯就有希望啦！」

「是啊……」狄念祖苦笑了笑，又插嘴：「傑夫，大蛇距離你們庫房只剩幾十公尺了，你們確定不準備一下？」狄念祖說到這裡，又說：「庫房裡還是有些地方能夠躲藏，大家躲起來，我想辦法將他引開。」

傑夫靜默幾秒，突然對著身旁幾名研究員說：「你們帶大家找地方躲，我顧著這裡，就剩幾分鐘，現在是最重要的時刻，備料已經加溫到二十七度，準備添加藥劑，現在一點點差錯都會影響備料的品質。」

狄念祖大聲說：「所有人躲起來，剩你一人，豈不反而成了怪物目標？憑你一個，擋得了幾秒？」

「也是！」傑夫哈哈一笑，又說：「那麼大家聽好，剛剛我已經將操作辦法教給你們了，不管等會兒殺來的是什麼怪物，大家齊心協力，盡量拖延他的時間，就算被怪物咬進嘴裡，也要想辦法讓他細嚼慢嚥。最後剩下的一個，無論如何也要將備料完成，知道嗎！」

「是——」庫房裡外的研究員和蝦兵們，一同大聲應和。

「……」狄念祖深吸了口氣，默然不語，仍然快速操作著電腦，摸索著地底實驗室的中央安全系統，試著在大蛇前進的路線上降下閘門，或是啓動某些消防設施，希望引起大蛇的注意，拖延大蛇行進速度。

另一邊，寧靜基地成員則將庫房的情形回報給田綾香，那成員與田綾香那方一陣對答之後，急急地說：「田姊要我們撤退，她已經下令排水管路的夥伴們全力抽水——」

「對呀，還有這招！」狄念祖重重拍了拍手，心想那巨蛇凶悍異常，或許是破壞神級別的兵器，但倘若大水淹沒整條廊道，那批深海神宮成員仗著水中優勢，便沒那麼容易被巨蛇吞沒了。

「放水？不行！水灌進來，備料豈不全壞啦！」接到田綾香吩咐的傑夫，卻著急大嚷起來。

狄念祖連忙插嘴安撫，對著通訊設備說：「他們外頭放水，你們擋著門，水沒那麼快灌進庫房，那些備料桶子那麼高，水即使淹進來，也能撐上好一會兒，總比讓怪物進來橫衝直撞好吧——」

傑夫聽狄念祖這麼說，這才冷靜下來，吆喝幾名蝦兵，搬來更多東西，將庫房大門堵得更加嚴密。

「大家口罩準備好！能撐多久算多久，反正水也淹不死人！」狄念祖也跟著起身，來到辦公桌前，將那兩名受擄的地底研究員身上繩子一把扯開，跟著一腳一個，將他們踹出門外。「有多遠滾多遠，淹死算你們倒楣。」狄念祖說完，立時將機房大門關上，兩名寧靜基地成員立時會意，拉動辦公桌椅，擋住大門，防止水流沖開大門，米米則甩了甩手，伸出銀臂，阻死門縫。

只過片刻，眾人便聽見嘩啦啦的水流，在四周長廊上響起。

此時埋伏在整座海洋公園排水管路裡的軟體動物牆全部開始行動，在負責傳訊的王爺指揮調度下，一面面軟體動物牆開始變形，化成猶如抽風扇的樣子，緩緩轉動起來，將水往深處抽動。更外頭，成千上百的打水海葵，在排水管裡裡外外起伏鼓動，全力將海水往地底實驗室裡灌。

埋伏在地底實驗室那數以百計的大水缸、小水缸裡的小卡達蝦，紛紛舉起螯，朝著缸壁開槍，磅啷啷的爆裂聲此起彼落，激流如瀑如泉地在各處炸開，大水瞬間淹沒了地底實驗室地下數層樓，一路往地下二樓湧上。

「來、來了——」守在濕婆備料庫房外的蝦兵們，遠遠地見到前方廊道轉角處，冒出一顆汽車大小的蛇頭。

那深褐色的蛇頭額上中央，有塊雪白斑紋，兩隻眼睛下方，則各自垂著一道鮮紅斑紋，彷如血淚，看上去凶厲詭譎。

八岐大蛇緩緩向前爬來，數十名持著尖叉的蝦兵們一時間不知該如何迎敵，其中幾名蝦兵倒是記得傑夫的吩咐，他們低聲交談一陣，挺著尖叉向大蛇奔去，還向後揚了揚手，喊著：「你們退遠點，我們來引開這怪物。」

那批蝦兵奔至距離大蛇數公尺處，突然轉入右側岔道，且不住鼓譟叫囂，企圖將那大蛇誘向他處。

大蛇爬至岔道處，腦袋微微揚起，吐了吐蛇信，籃球大的眼珠子閃爍起異樣的紅光，盯著轉角岔道裡那隊蝦兵，像是鎖定了獵物般。

大蛇紅眼上方豎著的幾支尖角，突然緩緩抖動幾下，大蛇沒有搭理那些誘敵蝦兵，而是繼續向前。

誘敵蝦兵們叫嚷著，殺向大蛇，挺著一支支尖叉往大蛇身上刺，大蛇那身看似堅韌的鱗甲，竟出奇地軟嫩，五、六柄尖叉像是刺入尋常牛羊身體般地攢進大蛇軀體。

但大蛇一點也不在意這樣的攻擊，猶如一列止不住的火車，拖著蝦兵們繼續向庫房逼近。

第二隊蝦兵發動攻勢，衝到那大蛇面前，挺叉就刺，同樣深深地刺進大蛇顎處、臉面上，甚至刺進了大蛇中央額頭裡。

大蛇撞翻了幾隻蝦兵，輾過他們，繼續向前，攀在大蛇身上的蝦兵們詫異叫嚷著，他們拔不出插在大蛇身上的尖叉，只好舉起蝦螯，或鉗或刺地朝著巨蛇身軀展開攻擊。

一名蝦兵騎在大蛇頸上，高高揚起蝦螯，企圖攻擊大蛇那雙巨大紅眼睛，但他尚未出手，突然感到身下一震，蛇頭隆起一團大東西，將他向後掀倒，他訝然一看，那隆起的東西，竟是一個怪異女人的上半身。

那女人隆出蛇頸的上半身赤裸著，正面膚色灰白、滿布青筋，後背則是一片紅鱗，一雙胳臂長得嚇人，兩隻銳利大爪子張開足足有車輪大小，仔細一看，女人的頭髮全是細蛇，每一條細蛇的雙眼都閃閃發亮，嘴巴不停伸吐蛇信。

那蝦兵攀在巨蛇背上剛掙扎起身，便被那蛇魔女側身揚手扒爆了腦袋。

蛇魔女後頭四公尺處，又隆起一個人形傢伙的上半身，那傢伙看上去像是男性，全身攀滿了細蛇，細蛇在他腦袋上、身軀上糾結，像是身披日式鎧甲，這蛇武士雙臂同樣細長，大爪子和蛇魔女一樣凶悍，左揮右掃，將前一批持著尖叉攻擊巨蛇的蝦兵們盡數斬死，跟著從巨蛇身上拔出尖叉，高高揚起。

接下來，在那蛇武士後每隔數公尺，便又隆起一處人形，有老有少、有男有女，共同點是都生著一雙又大又長的銳爪，這些傢伙一共八個，巨蛇加上這八名凶神惡煞，便是聖泉集團最新研究成果，破壞神——八岐大蛇。

在日本神話中，那擁有八頭八尾的怪物八岐大蛇，到了這地底實驗室裡，被造成了八人共乘一蛇的怪異樣貌。

守在庫房門前的最後幾名蝦兵，見那巨蛇巨大凶悍，本已驚恐，此時背上又冒出一群凶神惡煞，更加膽寒，彼此相顧半晌，誰也不敢再去阻攔。

嘩啦啦的水流聲響了起來，從房裡、從梯間、從管線等各種位置洩出，一條條鰻魚游過巨蛇身軀，有些搶在了巨蛇前頭，有些纏上巨蛇腹間。

霎時，僅數公分的水面，青亮電光此起彼落，是地底多路援軍來了。

沙沙幾聲，整條廊道中的消防灑水設施突然通通開啓，灑下陣陣水花，跟著是一聲聲炸裂聲響。

水更大了。

一批小卡達蝦和小掘地蝦，循著消防管線游到灑水裝置處，破壞灑水頭，紛紛落了下來，有些落在巨蛇身上，或是八個惡煞身上。

八岐大蛇一點也未將這些「援軍」視爲敵人，那蛇魔女、蛇武士等八個惡煞，甚至完全沒有動作，眼睛也未眨一下。

大蛇來到了庫房門前，蝦兵們儘管怯戰，卻也不逃，挺著尖叉擋在門前，拖一秒是一秒。

大蛇吐吐蛇信，晃晃雙眼上方幾支尖角，身體緩緩擺動，準備前進破門，但不知怎地，那大蛇左搖右擺，前進的速度卻極其緩慢，猶如原地踏步一般。

大蛇頭上的蛇魔女及後頭七個傢伙，像是同時察覺到了異變，不約而同地回頭，一齊望向後方長廊盡頭轉角處。

八岐大蛇那長長的尾巴，還落在長廊轉角後頭。

被鯨艦牢牢抓住了。

大蛇持續擺動身體，試圖向前爬行，但仍然無法縮短與庫房大門之間的距離。

狄念祖等守在冰壁機房中的成員，全聚在幾面電腦螢幕前，盯著那轉角監視畫面，只見長達數公尺的大蛇尾巴，被自一旁梯間趕上的鯨艦軀體化出成千上百條觸手牢牢纏著。

無以計數的黏土小章魚，按照鯨艦大腦傳來的命令，或是三千、五千成群地集結成觸手纏捲大蛇，或是零零星星地擠進大蛇鱗片縫隙間，張揚開小小的觸手彼此抓黏著彼此，也抓黏著鱗片。

「總算趕上啦！」墨三騎跨在鯨艦長頸上，自梯間竄出。

墨三未穿白袍，模樣是隻大章魚；鯨艦的頭頸看上去像條蛇頸龍，正卯足了全力收回延伸在地底實驗室各樓層的軀體，要全力來對付這八岐大蛇。

墨三以六條觸手抱著鯨艦的粗壯頸子，一手持著長桿，指向八岐大蛇那條長尾，另一手摸摸鯨艦腦袋，嚷嚷下令：「把大蛇拖離庫房大門，將牠拖進水裡，在水裡解決牠——」

此時地下一樓廊道裡的水面從數分鐘前的三公分，上升到十餘公分高，大型的卡達蝦和螃蟹們，啪噠啪噠地自梯間衝湧了上來，隨水游來的大小魚兒、章魚、烏賊、怪鰻、水母，即便大半截身子都冒在水上，也拚死往大蛇身軀擠，用各種方式攻擊八岐大蛇。

CH09 決裂

一處大型電梯開啓，袁燁大步踏出。十數名女僕推著袁安平的睡眠艙跟在袁燁身後步出電梯。

李家賓立時起身，帶著一批神之音成員上前恭迎。

「情況如何？」袁燁這麼問。

「這……」滄海大師和吳寶互望一眼，分別報告：「二哥那兒出了點小狀況，斐家一名部屬攪局，但已經被二哥親手處理掉，現在繼續按照規劃前進。」「地底實驗室裡，我們已經放出了八岐大蛇，現在正全力和敵人作戰。」

袁燁點點頭，又問：「其他地方呢？」

李家賓接著回答：「從銀色海灘上岸的敵人，正一路往袁氏博物館攻來，但三哥你別擔心，這其實是我們的計謀，我們在袁氏博物館前的廣場布署了重兵，地底還有庫存破壞神，等他們一來，我們的破壞神、阿修羅、夜叉團、鳥人部隊會一齊出動，四面夾攻，會將他們殺得一個不剩。至於斐家兄弟，他們四處游擊，我們的飛空部隊和夜叉團持續追擊，他們的體力逐漸耗損，再過一會兒，他們飛不動了，遲早被我們生擒活捉。」

「嗯。」袁燁在李家賓報告戰情時，偏著頭，有些心不在焉，直到李家賓說完，他也只是隨口應了一聲，自顧自地來到巨大落地窗邊，望向窗外。

從這方向望去，可以見到祈福廣場上搭建的舞台和螢幕牆，也可以見到更遠處袁唯和黑色康諾持續僵持的場面。

袁唯以阿耆尼基因的烈火燒死了溫妮，繼續按照原先的規劃，和黑色康諾一搭一唱地演起大戲，吳寶正抓著頭、檢視腳本，喃喃地交代著神之音成員黑色康諾接下來的台詞。

「三哥……」李家賓走到袁燁身後，指著睡眠艙，說：「是不是該先將大哥安頓進這兒的實驗室？」

「對。」袁燁突然回頭，拍拍李家賓的肩，說：「大哥狀況有點不對勁，趕快帶他進實驗室——」

「咦？」李家賓聽袁燁這麼說，駭然一驚，急急忙忙地來到睡眠艙前，透過睡眠艙上的小窗，只見袁安平神情安然，看不出異狀，但他不是研究員，一時間也無法判斷袁安平此時的真實狀況，只知道倘若袁唯大戲演完，得意洋洋地返回總部，袁安平卻出了意外，他們三個別說地位動搖，小命更可能不保。李家賓心想至此，連忙召來一批研究員，將袁安平的睡眠艙推往這兒的附設實驗室。

袁燁雙手插著褲袋，緊緊跟在睡眠艙後。

十六名女僕分成兩隊，八個跟著袁燁、八個留在指揮總部。

那大型電梯再次開啓，這次出來的，是以威坎、吉米、大和爲首的親衛部隊。

人高馬大的大和踏出電梯，瞥了瞥門旁站崗的守衛，那批守衛身披神之音服飾，是阿修羅級別的戰士。

大和面無表情地望著那阿修羅。

阿修羅也面無表情地望著大和。

「你們待在這兒就行了。」一名神之音成員，揚手阻止領頭的威坎繼續前進，安排他們待在電梯出口處的接待玄關廳中。

「是。」威坎朝著那神之音成員點點頭，領著眾人來到接待玄關廳處的幾排座位前，一一入座。

附屬實驗室裡，李家賓滿頭大汗地指揮著研究員，開啓睡眠艙，檢視著袁安平的心跳、呼吸和各項身體指數。

「長官，一切正常。」幾名研究員快速檢視之後，這麼對李家賓說。

「哦！」李家賓像是放下大石般地鬆了口氣，轉身向袁燁報告：「三哥，大哥沒事……」

「是嗎？」袁燁聳聳肩，也走到李家賓身邊，拍了拍他的肩，說：「我還是覺得不對。」他這麼說完，望向幾名研究員，說：「喚醒大哥，我想聽他親口說自己沒事。」

「什麼？」李家賓瞪大眼睛，連連搖頭說：「這可不行，三哥，二哥有吩咐過，沒有他的允許，任何人都不可以喚醒大哥……」

「是嗎？」袁燁哦了一聲，說：「你所謂的『任何人』，包括我在內？」

「呃，是的……」李家賓點點頭，突然又說：「但或許二哥並不是這個意思，我認爲三哥應該有權做這樣的決定。」

「嗯。」袁燁點點頭，扠著手，說：「那就照我的話，喚醒大哥吧。」

「是。」李家賓這麼說，立時望向研究員，比手畫腳地說：「立刻安排大哥進B7手術房，準備喚醒大哥。」

「手術房？」袁燁問：「喚醒大哥爲什麼要進手術房？」

「嗯。」李家賓點點頭，答：「這是因爲當初爲了讓大哥長時間待在睡眠艙裡，也不至於影響身體機能，所以在二哥同意下，我們的研究員陸續替大哥的身體動了些小手術，將他身上某些血管和神經，與維持生理機能的儀器線路連結，這樣有助於讓大哥的身體保持在最佳狀態。所以，現在如果要喚醒大哥，必須以手術規模處理，避免造成不必要的感染……」

「哼。」袁燁皺了皺眉，不悅地說：「我倒是不知道這件事。」

「抱歉，三哥，這旁枝末節，只是替大哥營造更好的休養環境。」李家賓堆著笑臉解釋。「我們有一組專門的研究人員，隨時都在改良這部分的技術和設備，所以……」

「是啊，更好的休養環境，讓他睡得更香、更甜是吧。」袁燁揮了揮手。「別廢話了，現在快喚醒他吧。」

「是……」李家賓點點頭，指揮著研究員，將袁安平的睡眠艙，推入一旁的B7手術室。

那B7手術室空間狹小，袁燁見到李家賓緊跟在四、五名推著睡眠艙的研究員後頭，硬是擠進那手術室，不免覺得奇怪，他正想開口發問，便見到李家賓迅速按下關門鍵，且以一種冰冷且帶著敵意的眼神望向他。

袁燁陡然一驚，只見那金屬閘門閉闔的速度比一般閘門快速許多，他拔步追上，卻已來不及阻止閘門關閉。

「你這傢伙！」袁燁揚起雙拳，朝著閘門重重搥了幾拳，幾記重擊將閘門擊出幾處凹陷，但這閘門造得異常堅固，袁燁左顧右盼，只見到閘門旁有面電子螢幕，上頭是B7手術室裡的監視畫面，只見裡頭幾名研究員分別在牆上各處按了按，不僅取出通訊裝置，甚至還取出了武器，這B7手術室顯然經過特殊設計，能夠作爲緊急避難室。

霎時間，實驗室裡紅光乍現，尖銳的警報聲陡然響起。

兩名研究人員不知何時來到了袁燁身後，揚起手中的針筒，便往袁燁身上扎去。針尖尚未觸及袁燁的皮肉，一名研究員握著針筒的手腕，便給插中了一柄短刀；另一名研究員，手上捱著三刀，腦門也捱上一刀。

八名女僕的腰間和腿側，都繫著刀袋，她們在察覺研究員對於袁燁的攻擊意圖時，立時便有了反應。

「李家賓，你敢犯上！」袁燁在B7手術室外暴跳如雷，隨手拉起一張電腦座椅，轟隆隆地朝著B7手術室閘門重重揮砸數下，將那電腦椅砸了個碎爛。

「所有人聽好，立刻通知袁唯老闆，三哥情緒失控，堅持喚醒大哥。」李家賓的聲音從擴音設備中發出。

「什麼！」袁燁瞪大眼睛，怒氣爆發，朝著閘門一陣亂擊。

「什麼！」指揮總部裡，吳寶和滄海大師更是大驚失色，他們看見四周醒目的警示紅燈亮起，聽見擴音設備裡傳出李家賓的急促話語，兩人相視一看，立刻急急嚷著：「快將底下的夜叉團調上來，這裡出狀況了！」

「混蛋！我操你媽的神之音，搞昏我大哥、搞瘋我二哥，現在想對我下手啦！」袁燁盛怒至極，朝著閘門重重踹上幾腳，隨即轉身指向八名女僕，怒吼：「殺光他們！殺光這些穿袍子的混蛋，一個也別放過——」

「是。」八名女僕立時轉身，飛快竄過廊道，繞回指揮總部，此時外頭亂成一團，神之音成員騷動連連。

在外頭待命的八名女僕，或倚或站地文風不動，冷眼望著亂成一團的研究人員而毫無反應，像是什麼事情都沒發生一般。

「燁哥下令，動手。」自研究室奔出的八名女僕，朝著那些待命女僕這麼說。「一個也別放過。」

十六名女僕瞬間向四周躍散。

驚呼聲在各處響起，神之音人員一個又一個地倒下。

女僕們反握短刀，身手飛快俐落，每逮到一名神之音成員，便將短刀往他們脖子上抹，一刀甩出一片紅。

若是自那挑高的雪白指揮總部天花板處向下望去，大廳裡的情景便有如快速綻開一朵朵紅花般。

「哇！」吳寶大力拍打著通訊裝置按鍵，朝著麥克風尖聲嚷叫著：「老闆、老闆，三哥瘋了，帶人來總部大開殺戒，還……還……還挾持了大哥呀——」

「守衛、快通知守衛……」滄海大師也大吼著，還沒說完，一枚短刀倏地飛來，插在滄海大師眉心正中。

「呀——」吳寶可嚇得魂飛魄散，他雙腿一軟，蹲坐倒地，只聽見砰地一聲，滄海大師的屍身便倒在他身旁。

神之音指揮總部接待玄關廳處，此時也戰成一團，吉米、威坎早已收到袁燁要清理門戶的指示，一聽總部大廳出現殺聲，便知道袁燁下令動手了，他們趁著兩名阿修羅動身趕往大廳的瞬間，從他們背後發動攻擊。

大和吼叫一聲，身體迅速變形，生出高大馬身和四足，一口氣撞翻那不久前與他對視的阿修羅。

威坎則領著其他衛隊成員，與另一名阿修羅遊鬥起來，從接待玄關打進血流成河的指揮總部，袁燁那批女僕紛紛上來接戰，阿修羅再悍，也難以抵擋這批衛隊和十六名女僕的聯手圍攻，不出幾分鐘，便雙雙戰死。

「汪汪、汪汪汪！」吉米沒有參與圍攻阿修羅，而是興奮地在神之音指揮大廳裡繞圈吼叫，一會兒舔舐著地上神之音成員鮮血，一會兒撲上那些還有氣息的神之音成員身軀，咬斷他們的頸骨，他突然轉頭，望著電梯，汪汪叫嚷起來：「電梯、電梯……好重的臭味，是夜叉的臭味、是阿修羅的臭味，汪……汪汪！」

數扇電梯門分別打開，滿滿的夜叉蜂擁而出。

這批趕來支援的夜叉自然也聽從袁燁的命令，但女僕們收到的指示是殺光敵人，她們完全無意搬出袁燁的名號驅趕這些夜叉，而是一語不發地上前迎戰。

指揮大廳立時陷入新一波激戰，夜叉與女僕、親衛隊們四處飛竄游鬥。

躲在指揮桌下的吳寶，見到大批夜叉擁入指揮廳，連忙探出頭來，激動地求救：「這邊、這邊啊，快來救我呀！」

一陣詭異的喘息聲從桌後發出，吳寶嚇得腦袋撞上桌底，轉頭一看，是個半人半狗的猥瑣傢伙——吉米。

「你說，什麼？」袁唯的聲音自通訊設備中傳出。

「啊……啊啊，呀，啊啊啊！」吳寶只能以慘嚎聲回應，躲在桌下的他，被吉米咬碎了左腳、咬斷了右膝，一口一口地往上咬去。

「發生什麼事？」袁唯語音中帶著惶恐。

「啊啊……啊……」吳寶身子顫抖了一陣，虛弱地斷氣了。

「汪……汪汪……」吉米聽見了袁唯說話的聲音，探出頭來，望著桌上的通訊設備，興奮地嚷嚷一陣，抬起前足按在桌上，對著麥克風說：「袁老闆，是我呀，我是吉米，是……您，不不不，是袁燁老闆大人的愛犬……咦？不，我是您……不不……」

吉米歪著腦袋，腦中像是充滿矛盾，他經過「犬奴工程」改造，腦袋裡的主人被設定成了袁燁，但對袁唯仍然保留著難以抗拒的服從性。

「吉米？」袁唯咦了一聲。

「是呀，我是吉米，袁唯先生，汪汪！」吉米淌著舌頭喘氣。

「你怎麼會在神之音指揮廳裡？」

「主人帶我們和大哥來這裡，想要喚醒大哥……」

「……」袁唯頓了頓，問：「大哥醒了嗎？」

「不知道，汪。」

「去看看，將對講機帶著，將情形回報給我。」

「是……咦？」吉米對於袁唯的話無法抗拒，他叼起桌上一台無線通訊設備的對講機，風一樣地轉身飛奔，繞過長廊，奔入研究室。

研究室裡，空空如也，吉米在裡頭繞轉半晌，在每一具研究員的屍身上嗅了嗅，他嗅出了袁安平的氣味、嗅出了李家賓的氣味，也嗅出了袁燁的氣味。

他循著氣味繞到一扇閘門前。

那閘門像是遭到重擊，凹陷了一個大坑，歪歪斜斜地被推開了一條大縫，門框處閃動著火花，似乎已經短路。

那是B7手術室。

吉米鑽了進去，只見狹窄的B7手術室正中央，餘留下一處空著的睡眠艙，艙蓋已經揭開，裡頭空空如也。

「大哥的味道！」吉米嗅了嗅那空艙，繞到另一側，見到後方牆上竟然有另一處開啓的暗門，那暗門僅約一百三十公分高，成年人必須彎著腰才能進入其中，吉米的鼻子告訴自己，所有人全進入了這暗道。

吉米鑽進了這暗門，裡頭是條蜿蜒窄道，銜接著一處螺旋直梯，一個研究員的屍身掛在長梯扶手上，他的腰椎和頸子斷折成詭異的角度，口中的鮮血還不停滴滴點點地往地板上落，吉米立時向袁唯報告情況。

「那兒通往爸爸的臥房。」袁唯淡淡地說：「你上去看看，將情況回報給我。」

「爸爸？」吉米不解地搖頭晃腦，但還是照著袁唯的指示，循著螺旋長梯一路向上繞，爬了約莫兩層樓的高度之後，吉米見到眼前出現一條直道，這條直道不像底下神之音大廳那般挑高而華麗，而是灰白樸素，牆上沒有誇張的浮雕裝飾，只是簡單懸掛著幾幅畫作。

數公尺外的轉角處，攤著一具研究員的屍身，四周滿是鮮血，吉米嗅著血味向前狂奔，經過那研究員屍身時，還忍不住舔了舔那研究員屍身上的血，甚至咬下一口肉嘎嘎嚼著。

轉角後是一間房，房門大敞，吉米奔到房門口，探頭向裡面望。

這房間看來像是尋常富有家庭的主臥房，裡頭頗爲寬敞，近十坪大小，有張大床、有排沙發、有桌有櫃。

還有張搖椅，搖椅上坐著一個老人。

李家賓跪在老人搖椅旁，扶著搖椅不住喘氣。

袁燁呆然望著那老人，眼神中充滿著驚訝神情。

「主人、主人、主人！」吉米汪汪叫著，奔到袁燁腳邊，不住繞著圈圈，他發現到袁燁此時的模樣變得凶悍古怪，不僅身高拔高了數十公分，一雙胳臂變得粗壯嚇人，面容也猙獰許多，臉上肌肉糾結，青筋暴露——他花了好一番工夫才破壞那B7手術室那道閘門，卻未料到裡頭另有暗門，且一路通往這個地方——他的舊家。

他知道袁唯在袁氏博物館裡造了一處往昔舊家，他曾經參觀過幾次，但這條能夠從神之音總部通往父親臥房的暗道他卻聞所未聞。

甚至他也不知道，他的父親也身在其中——搖椅上的老人，聖泉集團的創辦人，袁齊天。

「二哥、二哥……想和你說話。」吉米一點也不在意袁燁外貌上的變化，他蹭著袁燁的大腿，將對講機遞向袁燁。

「阿燁？發生了什麼事？」袁唯的聲音透過對講機傳出。「你做了什麼？」

「……」袁燁本來盛怒的情緒此時已經沉靜下來，取而代之的是一片茫然：「爸爸怎麼會在這裡？」

「那是爸爸的臥房，爸爸在自己的臥房，合情合理，不是嗎？」袁唯答。

「我的意思是……」袁燁深吸了口氣，說：「爸爸應當在研究室的醫療部門裡，不是嗎？爲何在這裡？他……爲何看著我？」

爲了追求長生不老的袁齊天，對自己進行了過多的人體實驗，身體不堪負荷，變成了植物人——但在此時，袁齊天的雙眼炯炯有神，直勾勾地盯著袁燁。

「你不希望他看著你？」袁唯說：「爸爸很久沒見你了，你應該高興他能看著你，不是嗎？」

「你到底對爸爸做了什麼——」袁燁那本來消退的怒意，突然又旺盛起來，他對著對講機怒吼：「你瞞著我對爸爸的身體也進行了改造？你到底還有什麼事沒告訴我？」

「阿燁。」袁唯嘆了口氣，說：「這是，我想給你的一個驚喜，等事情告一段落之後、等我們正式成神之後，在華麗的典禮上、在眾人的歡呼聲中，我們迎接爸爸、迎接大哥歸來，受全球世人讚頌，這樣不是很好、很美麗嗎？當初，你不是支持我嗎？」

「二哥！」袁燁怒吼：「你想當國王、當總統，你要奪下第五研究部，你要統治全世界，我都支持你，只要分我一份就好了，以聖泉的影響力，要拿下世界各國還不簡單，那些高官政要早就被我們搞得服服貼貼，他們的命都在我們手上，世界各國遲早會被聖泉大一統，但你偏偏要搞這些東西！我要的是一個有趣的城市、是一個隨心所欲的城市，我要成爲那個城市的國王，現在你將全世界搞得烏煙瘴氣、把全世界的人都搞成瘋子，走到哪都是你的教徒，我玩什麼？你做這些事情時，有問過我的意見嗎？有將我當成你弟弟嗎？」

「……」袁唯靜默半晌，說：「我，當然有將你當成弟弟。」

「那你爲什麼瞞著我對爸爸的身體動手腳？」袁燁大吼。

「你情緒起伏大，想事情總想不遠，我擔心你一旦失控，做出傻事……你最近召集了人馬，對自己的身體進行改造了吧，這件事你也沒對我說，不是嗎？」袁唯說：「你不聽我的話，但我相信你還聽爸爸的話。」

「什麼？你少拿爸爸壓我！爸爸他現在……」袁燁大喝一聲，突然止住聲音。

本來窩在搖椅上的袁齊天，站了起來，冷冷地望著袁燁，袁齊天身材本便魁梧，站起身來，即便微微駝背，也有種難以言喻的剽悍感覺。

「爸……」袁燁見著袁齊天那冰冷的神情，不禁打了個顫，他後退兩步，對著對講機喝問：「二哥，你想怎樣？你……這個地方除了你之外，只有我進得來，你造出這條通道卻不讓我知道，你安排爸爸在這裡，是專門用來對付我，對不對！」

「這只是以防萬一，我並不願意這樣……」袁唯嘆了口氣，說：「但你放心，很快會過去的，就當睡個午覺、作個好夢，等你醒來時，一切都會如同夢中那樣美好的……」

「什麼……」袁燁瞪大眼睛，總算明白袁唯的意圖。「你想讓我也變成大哥那樣……」

「我相信有那麼一天……」袁唯笑了笑說：「我們一家人，會像以前一樣，坐在同一張桌前，開心地用餐。阿燁，那一天不遠了，乖，別怕，聽哥的話……」

「你瘋了——」袁燁將對講機重重砸在地上，砸得四分五裂。他見到這臥室後方有一扇門，剛剛帶著袁安平逃入這兒的兩名研究員，此時一人拿著一支針筒，遠遠地自那兒探頭探腦，像是在打量袁燁的模樣。

「你們想對我怎樣？」袁燁勃然大怒，知道那門之後，必然也是一處臨時研究室，袁安平必然被搬移到了裡頭，他拔步狂奔，要去殺了他們，搶回袁安平。

「阿燁！」一聲厲喝，嚇得袁燁停下腳步。

袁燁回頭，見袁齊天一雙圓眼，怒瞪著自己，不禁又驚又懼，連連問著：「爸……爸爸，你能講話了？」

「阿燁！聽二哥的話！」袁齊天這麼說。

「什麼！爸，你知道二哥怎麼對付大哥和叔叔伯伯嗎？你知道現在外頭發生的事嗎？」袁燁急急地說，他伸手指著兩名研究員躲著的地方，說：「大哥就在裡頭，我要去救他……」

「阿燁！聽二哥的話！」袁齊天重複了一句一模一樣的話。

「爸！」袁燁張開雙手，試著辯解，但他發現不論自己說了什麼，袁齊天總是應他一模一樣的話時，有種難以壓抑的怒氣，自他身體裡炸開，他發出怒吼：「袁唯，你對爸爸洗腦——」

「三哥，你……你誤會二哥了，二哥他……」一直躲在袁齊天身後的李家賓，試著緩和袁燁的情緒。

袁燁身子突然竄向李家賓，揚起長臂，朝著李家賓臉上抓去，但他的大手在李家賓臉前數吋前停下。

是袁齊天握住了袁燁手腕。

「爸……」袁燁瞪大雙眼，本能地想要掙脫，起初他試著將手抽回，跟著猛力甩手，但袁齊天牢牢握著他手腕，像是一個大人握著小孩胳臂般，袁燁怎麼也掙脫不開袁齊天的手。

一種沒來由的恐懼在袁燁心中瀰漫開來，他在手下一批心腹研究員改造下，得到了超越阿修羅的力量，但袁齊天此時的力量，顯然比他更強大不只一個等級。

「快！趁現在！」李家賓見袁燁受制，立刻隨機應變，拔腿朝向臥房深處那扇門跑去，同時對兩名研究員高聲下令。

兩名持著針筒的研究員，硬著頭皮舉起二十餘公分的大型針筒，和李家賓錯身而過，一左一右地往袁燁趕去。

李家賓奔入房中，只見袁安平被安置在輪椅上，仍沉沉睡著，雙臂動脈上各有一條點滴管線，以及手腳和腦袋上的數條神經線路，全部連接著佩掛在輪椅支架上一只小儀器，儀器上有處螢幕，正倒數計時著，時間只剩下四十幾分鐘。

這小儀器是一具微型睡眠裝置，用於睡眠對象更換睡眠艙或是遭遇突發狀況時的臨時安頓裝置，倒數時間代表著儀器裡用來提供養分、腦部狀況的綜合藥液的剩餘存量，一旦藥液用盡，便無法穩定控制沉睡對象的腦部活動——袁安平有可能會醒來，也有可能因爲腦部受損，而再也醒不來。

李家賓回想著以往研究員的提醒，謹慎地估算時間，他知道上述兩種情況，都不爲袁唯所樂見，他若是無法完成任務，袁唯必然怪罪於他。他拿起身邊的緊急通話設備，向底下指揮廳求援，此時指揮廳早已血流成河，自然無人回應。

李家賓探頭出房，只見兩名試圖麻醉袁燁的研究員，早讓袁燁打爆了腦袋，橫屍在地，但另一方面袁燁也無法掙脫袁齊天的捉握，只能憤怒地朝著自己吼叫大罵。

李家賓束手無策，他得儘快將袁安平重新送回睡眠艙，也不能放著袁燁和袁齊天不管，但他卻也鼓不起勇氣親自持著麻醉針去對付袁燁，一時之間，他也不知該從哪兒再調人來幫忙制服袁燁。

突然他聽見一陣飛快踏地腳步聲，知道是袁燁那批女僕來了，連忙按下門邊按鈕，關上閘門，這道閘門與底下B7手術室材料工法如出一轍，在巨大的衝擊之下，也能撐上好一段時間。

這小房中同樣也有暗道能夠通往底下的神之音總部，李家賓推著坐有袁安平的輪椅進入暗道。

外頭，殺光了夜叉的女僕們要向袁燁報告戰果，同時聽取新命令，她們回到研究室，找進B7手術室，再循著螺旋樓梯、樸素長道，一路找來這兒。

「別攻擊他，這人是我爸爸！」袁燁見女僕紛紛圍上，且抽出短刃，立時揚手大叫。

十六名女僕們將袁齊天和袁燁團團圍住，聽見袁燁的吩咐，一時間不知所措。

「李家賓在裡頭，妳們給我殺了李家賓，搶回大哥！」袁燁指著李家賓關上的那道閘門這麼喊著，幾名女僕上前檢視了那閘門，左顧右盼，搬起身邊各種東西，開始破壞閘門。

「主人、主人！」吉米急得大嚷，但是一邊是袁唯的旨意、一邊是主人的安危，吉米腦袋又痛又矛盾，卻無可奈何，只能甩著舌頭、瘋狂犬吠，在眾女僕的腳下繞起圈圈。

「阿燁，聽二哥的話。」袁齊天仍然只重複這句，他拖著袁燁在房中緩緩走動起來，像是在尋找能夠幫忙讓袁燁睡著的研究員，他來到那被袁燁揮拳打碎腦袋的研究員屍身前，將屍體一把提起，晃了晃、再晃了晃，像是在催促他趕緊動手般，自然，袁齊天得不到任何反應，跟著，他對著另一具屍體做出了相同的舉動。

然後，袁齊天拖著袁燁，走向另一扇門——並非李家賓遁逃的那閘門，也非袁燁闖入時的那灰白長道，而是這臥房通往客廳的通道，袁唯在這裡建造了一個舊家。

「爸，二哥……二哥究竟對你做了什麼？」袁燁哀號著，他的手腕被袁齊天握得劇痛，他那副剛改造完不久的身體，各式各樣用以穩定身體的藥物和生理上的變化，也同時影響了他的情緒，他被袁齊天拖著走了一陣，時而哀淒、時而惱怒，他反抗的力道逐漸加大，在接連被拖下幾階樓梯後，袁燁爆吼一聲：「放開我——」

啪——

一記重響，在袁燁臉上炸開。

袁齊天賞了他一耳光。

「阿燁，聽二哥的話。」袁齊天說完，轟地又是一記巴掌，摑在袁燁臉上，此時袁齊天的巴掌重若千斤，袁燁的臉頰高高地腫起，嘴角淌下了絲絲血跡。

「爸！」袁燁見到袁齊天第三記巴掌朝著自己甩來，驚懼和憤怒交雜之下，鼓起全身的力氣猛力往袁齊天身上一撞，父子倆一齊翻過了樓梯欄杆，砸落在那布置成袁家舊宅的客廳空間裡。

袁熚強忍著劇痛掙扎起身，見到袁齊天自另一邊站起，連忙轉身就跑，這地方他來過，他知道有其他通道能夠離開，他聽見背後袁齊天先是大喝一聲，跟著拔步追來，此時的袁齊天不僅力大無窮，連奔跑速度也快速莫名，袁熚驚恐大喊：「攔下我爸爸，不要傷害他，只要攔下他就好了……」

緊跟在後的女僕們，紛紛加速追上，她們試圖阻止袁齊天的前進，或是攔腰擒抱、或是拉手絆腿，不是讓袁齊天打斷骨頭，便是給扭斷頸子——袁熚這才知道，袁齊天對女僕們可比對自己凶悍太多，但他也不清楚這樣的差異，究竟是袁齊天潛意識中仍視自己爲骨肉，抑或只是純粹執行袁唯下達的命令。

女僕們在袁熚的命令限制下，不能攻擊袁齊天，卻又要阻止袁齊天的行動，她們無法使用武器攻擊，也難以利用速度上的優勢進行突擊，只能一個個以肉身作爲城牆，拚著骨斷肉碎攔阻袁齊天繼續前進。

更多女僕撲向袁齊天，前頭的姊妹在重擊之下緩緩癱跪，後頭的女僕們奮勇補上，七個女僕圍成了個圈圈緊抱著袁齊天雙腿和腰際，六名女僕踩上那「圈圈」，左右揪著著袁齊天雙臂，剩下三個女僕，各自撫著斷折的臂骨或是肋骨，繼續掩護袁煒逃亡。

吉米扭曲地擠過那女僕圈圈的大腿陣裡，汪汪吠叫地追在袁煒身後。

一記又一記的重擊聲伴隨著斷骨聲自後方響起，偶爾會有更爲巨大的聲響迴盪在廊道中，那是女僕被重重甩摔在牆壁或是天花板上的聲音。

CH10 凶神惡煞

「鯨艦的力量大過那條蛇！」

地底實驗室冰壁機房裡，狄念祖等人透過監視畫面，見到八岐大蛇在後方趕來的鯨艦巨力拉扯下，不僅無法繼續往存放濕婆備料的大門前進，甚至緩緩地遠離大門。

鯨艦此時的巨大軀體，全部聚集在了地下一樓與二樓廊道中，總體積比八岐大蛇大上三倍以上。

「好呀，把臭蛇拖進水裡，就算打不贏牠，淹也淹死牠！」傑克興高采烈地跳著叫著，此時位於地下二樓的冰壁庫房外頭早已灌滿海水，但由於米米堵死大門四周所有縫隙，因此這冰壁庫房沒滲入一滴水。

「大蛇後退了！」一名研究員將臉貼在庫房一扇小窗上，斜斜地望著廊道間的戰況，見到大蛇遠離庫房大門，不禁欣喜大喊起來。

一條灰白尖刺，透窗刺入，穿透那研究員咽喉。

「！」庫房裡，傑夫眾人一時間尚不明白發生了什麼事，正要去關切那研究員，便見到窗外晃過一個大影，轟隆隆地踏過淺水，來到庫房大門外。

磅——

庫房大門發出沉重撞擊，擋著大門的櫃子桌子，發出極大的震動。

「來了新的敵人！」蝦兵們嚷嚷喊著，紛紛上前抵住那些桌子櫃子，第二下、第三下撞擊隨即透過大門，衝在那些障礙物上，這樣的力道讓所有人知道，這批新敵人的力量想必超過聖泉的夜叉團。

「傑夫、傑夫！」狄念祖的聲音自庫房擴音設備裡傳出。「小心，大蛇身上的傢伙能夠獨自行動——有幾個往你那兒去了，你想辦法避一避！」

「什麼？」傑夫瞪大眼睛，一時間不明白狄念祖這沒頭沒腦的話是何意思。

原來狄念祖等人在冰壁機房裡，透過監視設備，看得一清二楚，當八岐大蛇不停被鯨艦向後拖拉之際，大蛇背上那八個凶神惡煞，竟蠕動起身子，雙手按著蛇身，面目猙獰地將下半身硬生生地自大蛇體內抽拔出來。

八個凶悍傢伙一下了地，有的隨地斬殺起四周那些攻擊大蛇身軀的卡達蝦、螃蟹和魚兒，有的向後去對付鯨艦，有的向前進攻庫房。

「快躲起來，傑夫，教我怎麼操縱儀器，我這邊看得到你那台電腦螢幕，我能接替你的工作，我看你們調整半天，大概看出那介面操作模式，二十八座備料塔的溫度已經來到三十二度了，在三十五度時要加入四種藥劑、到三十七度時要加入最終藥劑，對吧！」狄念祖連珠炮似地說，他緊握雙拳，見傑夫不為所動，忍不住重重搥了地板一拳。「傑夫，別死腦筋，那些傢伙很厲害，酒老他們或許都不是對手，快躲起來——」

「笨魷魚，聽小狄的話呀！」傑克在一旁幫腔，他從狄念祖面前的筆記型電腦螢幕上的監視畫面裡，見到那衝撞庫房大門的，是個比豪強更大上兩、三號，足足近一層樓高的胖壯傢伙，那傢伙頭上生著一雙尖角，貌似野牛，傑克猜想這傢伙先前在大蛇體內，或許是坐著，才不至於頂著廊道天花板。

破窗刺死研究員的則是個小傢伙，小傢伙身形僅一公尺高，樣貌像是猿猴，渾身沒有一根毛，而是生滿鱗片，那條刺透研究員咽喉的灰白長刺，是他的尾巴。

這小蛇猴攀在窗外，乒乓幾拳將小窗打破，試著鑽入其中，幾名蝦兵挺著尖叉上前突刺小蛇猴，阻止他鑽入庫房。

「傑夫，你有沒有聽見我說的話？」狄念祖瞪大眼睛對著擴音設備叫罵，氣得像是想要一拳擊破螢幕一樣。

「你不懂得這些藥劑的劑量細部調整。」傑夫總算答話，像是一點也不介意門外的強敵。

「傑夫哥，我想你可能很崇拜悲劇英雄吧。」果果本來守著其他螢幕，負責監看幾處地方，見到狄念祖讓固執的傑夫惹得發怒，便湊到了電腦前，插嘴說：「大家知道你很勇敢、你置生死於度外，但你爲了成全自己的英雄角色、烈士形象，即使犧牲其他夥伴，也在所不惜嗎？」

「什麼？」一直盯著電腦的傑夫，聽了果果這句話，呆了呆，抬起頭，望著一處監視器，有些惱怒地問：「這話誰說的？」

「傑夫。」狄念祖吸了口氣，說：「加溫、施放藥劑，攪拌至與備料完全融合，至少還需要十分鐘以上，外面那些傢伙，不到三分鐘就能夠闖進來，你霸在控制台那兒，不是等於替他們標明了攻擊目標嗎？要是控制台的電腦遭到破壞，這批備料全完蛋了。你找個地方躲起來，想辦法拖過這幾分鐘，我會回報你每一桶備料的溫度和狀況，你教我藥劑的劑量和施放時機，這些備料才能派上用場。」

「……」傑夫臉色難看至極，倒吸了幾口氣，嗆得咳了幾聲，瞪著監視器說：「狄念祖，剛剛小女孩聲音的那番話說得十分惡毒，我現在火冒三丈，不過你說服我了，我同意你的看法，但請你告訴我，我如果躲起來，怎麼教你操縱這些備料塔？」

「這個嘛……」狄念祖想了想，說：「你們研究員身上帶著不只一支以上的對講機沒錯吧，你們那批對講機之間也能夠互相聯繫，你身上帶著一支，把另一支想辦法固定在監視器的收音位置上。」

「這個辦法嘛……」傑夫哼了一聲，一旁幾名研究員不等傑夫命令，立時掏出身上的對講機，整個庫房裡，一共有四支對講機，傑夫與兩名研究員各自持著一支，第四支對講機，則由兩名研究員七手八腳地以衣服綑綁在監視器支架上。

眾人快速交換了意見，推來兩只層架，擋在控制台旁，還拖來幾張帆布，蓋住控制台上的電腦設備，跟著一哄而散，有的躲入角落貨架後，有的鑽進貨品堆中。

磅、磅磅——

高壯蛇牛不停衝撞庫房大門，早已撞壞了門鎖，將擋著大門的桌子櫃子撞得鬆散開來，廊道裡的積水透過縫隙，嘩啦啦地流入庫房。

蝦兵和研究員們使盡力氣擋著那些桌子和櫃子，突然聽見一陣尖銳刺耳的刮割聲音，自抵著門的桌子櫃子後發出，原來除了蛇牛之外，蛇魔女和蛇武士也來到庫房門外，以一雙銳利尖爪扒抓起大門。

這批濕婆備料是為了這場造神盛宴而製，用以安放備料的庫房，也是尋常倉儲空間，並非機密重地，這庫房大門造得並不堅固，被那蛇牛一陣衝撞，撞得歪七扭八、螺絲鬆動，蛇魔女和蛇武士對著大門扒抓半晌，竟將那大門扒出兩處裂洞，蛇武士和蛇魔女，進一步將銳爪穿過那裂洞，破壞著擋在門後的桌子櫃子。

轟隆、轟隆隆——接連幾記撞擊，門後的障礙物被撞得更加鬆動，大門敞開了一條四十公分寬的空隙。

蛇魔女搶在蛇牛前，側著身子鑽入庫房，攀上那堆疊的桌子和櫃子上，居高臨下地瞪視著擋著障礙物的研究員和蝦兵們。

「哇——」眾人嚇得散開，蛇魔女向下一撲，落在地上，東張西望。

轟隆！蛇牛再一撞，終於將障礙物整堆撞開，庫門大敞，蛇武士、小蛇猴先後鑽了進來。

十數名蝦兵們挺起尖叉，上前迎戰，不是讓蛇武士揮爪扒破了肚子，就是讓小蛇猴甩尾刺穿了腦袋，數名研究員東奔西跑，也都讓蛇魔女追上宰殺。

狄念祖等人見到庫房裡的慘景，不免倒吸了口冷氣，傑克毛毛躁躁地想要罵些什麼，被狄念祖摀住了嘴巴，低聲在他耳邊說：「別讓這裡的聲音太過明顯，我不確定這些傢伙的智能狀況，他們或許能夠從我們對話的內容得知傑夫他們還躲藏在某處。」

「呀、呀呀呀、呀呀呀！」小蛇猴暴躁怪叫著，接連甩尾，鞭打著那些自外游入的卡達蝦和螃蟹、電鰻。

蛇魔女、蛇武士、蛇牛等則站在庫房之中，隨著水流緩緩晃動著身子，這些傢伙連同八岐大蛇，本來聽從神之音總部的指揮，前來攻打備料庫房，但此時神之音總部人員早被袁燁那批女僕屠盡，這些蛇惡煞完成了任務，尚未得到下一個指示，便沒了動靜，只是默默站著。

外頭，墨三嚷嚷叫著，指揮著鯨艦與那凶猛殺來的四個傢伙大戰，那四個傢伙分別是雙手十指都能伸成詭異長蛇的駝背老頭；張口便能伸出數十條吸血小蛇的紅眼老太婆；生著兩顆蛇頭、下半身是人身的瘦長怪人；抱著一條長蛇的哭泣小女娃。

蛇爺爺甩動十指，十指化出各式各樣的怪蛇，有的張口便能噴濺毒液、有的蛇信銳如利刃、有的渾身長滿豎鱗、有的頭上挺出尖刺，十條怪蛇朝著墨三連連追打，都讓鯨艦甩出的黏臂攔下或是捲開。

蛇奶奶遠遠地哇地大叫，一束細蛇追著墨三亂捲；蛇女娃大力抖動著懷中那條怪蟒，怪蟒仰起頭，也伺機竄向墨三；蛇人最是暴躁，雙爪力大無窮，揪著鯨艦猛打個不停。

鯨艦攔下了所有的攻擊，且甩出一條條觸手纏上這四個蛇惡煞身子，或是放電、或是往牆壁上砸，鯨艦雖然不是攻擊型兵器，可終究是深海神宮的科技結晶，力量也足以比擬破壞神。

四個蛇惡煞被鯨艦軀體纏捲著一陣轟隆亂撞外加電擊，給撞得、電得七葷八素，蛇爺爺的胳臂折了一條、蛇奶奶咬斷了幾條口中蛇、蛇怪人一顆蛇頭給撞昏了、蛇女娃抱著的那條蛇溜得不知去向，他們一齊發出了求救的慘嚎。

不停往庫房爬的八岐大蛇，聽見了後頭四個蛇惡煞的呼救聲，突然吐了吐蛇信，仰起腦袋，下巴貼上天花板，在這狹窄的長廊中來了個大回轉，將身子折成了一百八十度，朝著自己尾巴的方向快速竄去。

援。

備料庫房裡另外四名蛇惡煞，聽見了外頭夥伴們的呼救，也紛紛轉身，轉往門外支

「他們走了……」傑克見到那些蛇惡煞沒有發現躲藏的傑夫和研究員，不禁鬆了口氣，但只見到其中那隻小蛇猴，疑心特別重，拖著尾巴一路走到門邊，還不時回頭，朝著後頭東張西望。

「狄念祖，時間差不多了。」傑夫的細語透過對講機，傳至監視器的收音麥克風，再傳至狄念祖的筆電。

「……」狄念祖掌控了地下研究室裡電腦系統最高權限，遠端操控著備料庫房控制台上的電腦，他盯著左邊一台筆電上的控制介面，又望了望右邊一台筆電上的監視畫面，傑夫躲藏的位置，在那監視範圍外的某處，狄念祖本來早想問傑夫施藥劑量，但此時只是抿著嘴，一語不發。

「小狄，傑夫在問你……」傑克指著螢幕上一處數字，那是備料現時溫度。「剛剛不是說，到了三十五度，就要放藥了嗎？」

「噓！」果果趕忙低聲對傑克說：「我們的聲音不是從對講機出來，而是透過擴音

設備傳進整間庫房，可能會將那些傢伙引回來！」

「唔。」傑克恍然大悟，這才知道狄念祖神情緊張，滿頭大汗，一會兒看看操縱介面，一會兒瞧瞧監視畫面。

那小蛇猴還站在大門障礙物堆頂端，神經質地朝著裡頭東張西望。

濕婆備料的溫度，來到了三十四點七度。

「先加T-173，劑量是12,500。」傑夫的細語再次響起，顯然明白狄念祖無法開口的原因，他接連說了四種藥劑和劑量。

「嘿！」狄念祖忍不住暗自歡呼一聲，按照傑夫的指示，將四種藥劑施放進二十八座備料塔中，跟著照著傑夫的後續指示，調整各種參數。

滴滴滴滴——二十八座濕婆備料塔上的電腦裝置響起一陣陣訊號聲，上頭的指示燈也自黃色轉變成閃爍的青草綠。

本來打算離開的小蛇猴，聽見這陣聲響、見到這群燈閃，噫呀大叫兩聲，又轉身蹦回庫房裡，望著備料塔探頭探腦起來。

✦

外頭，八岐大蛇繞過轉角，朝著仍揪著牠尾巴的鯨艦和墨三直撲而去。

「哇——」墨三見到大蛇終於反擊，連忙搖著指揮棒，拍著鯨艦腦袋，大聲嚷嚷著：「撤退、撤退！」

鯨艦身軀立時變形，將腦袋和墨三快速甩向後方，躲避大蛇突擊。

八岐大蛇咧開了嘴巴，這是大蛇出動以來第一次張嘴，這大蛇的嘴巴與一般蛇嘴不同，嘴裡不只四支毒牙，而是如同鯊魚那般整排利齒。

大蛇一口朝著鯨艦數條觸手咬下，像是咬麵包那樣地將之咬斷，且將咬斷的觸手一口吸吞下肚。

「退、退退，等等……」墨三見這大蛇嘴巴強悍，總算意識到這大蛇可是破壞神級對手，連忙對鯨艦嚷嚷著：「你大半身子還在底下，我們得下水跟牠打，在水上打不過牠！」此時大水從各條廊道向上灌湧，但地下一樓空間比下層幾樓更加寬廣，水位上升的速度緩慢許多，此時墨三見這四周廊道水面高度，僅及成人膝蓋，要灌滿到足以讓鯨艦自在悠游的高度，可還得花上許多時間。

此時鯨艦大部分軀體，還分布在地下二樓梯間四周廊道裡，僅有一部分的軀體，隨著墨三和鯨艦大腦自這梯間竄來地下一樓，化出觸手與大蛇作戰。

然而墨三和鯨艦大腦，在大蛇逼迫下遠離梯間，退入後方廊道。四名蛇惡煞加上趕來支援的蛇魔女、蛇武士和蛇牛，則全擠在梯間，和梯間伸出的無數鯨艦觸手亂戰，那八岐大蛇，則凶悍地吞噬著纏捲著牠尾巴的鯨艦觸手。

「糟糕，這下不妙啦！」墨三感到不妙，他見到自己帶在身邊的鯨艦，此時變得如同一條長蛇，大腦外已無太多黏土章魚。

這便如同一條長頸龍，將脖子拉得甚長，但大部分軀體還遺留在下一層樓，倘若鯨艦被斬斷了脖子，軀體與大腦分離，構成鯨艦軀體的黏土章魚得不到命令，便不會有所行動，等同一具無意識的肉塊。

「這樣不行，鯨艦，快點將其他身體部位挪過來呀！」墨三驚慌大喊，但鯨艦終究是無數黏土章魚的集合物，從大腦發號施令，到每一部位的黏土章魚收到了命令，再按照命令行動，有著一定的時間差。

鯨艦一顆海豚腦袋左右搖晃，按照墨三的指示，一面驅動觸手死戰大蛇與惡煞們，同時也不斷向組成身軀那無數黏土章魚下達指示，將還落後在地下一樓的軀體不斷往樓上搬移。

蛇武士注意到被逼離梯間的墨三勢單力薄，便大步走來。

「哇……怎麼辦吶？」墨三大驚，抱著鯨艦大腦轉身就跑，鯨艦大腦連同頸子，被拉得越來越長、越來越細。

小蛇猴躍回冰壁庫房，朝著備料塔齜牙咧嘴，像是對那陣突如其來的指示燈閃感到有些心疑。

「小狄，就是現在……」傑克緊張地扒著盤坐在地的狄念祖的膝蓋，低聲提醒。

筆電螢幕上的備料塔內部溫度，已經攀升到37度，狄念祖快速敲擊鍵盤，按照傑夫的指示，加入最終藥劑，跟著只要等待備料桶內攪拌調和的過程結束，這批濕婆備料便正式完工。

滴滴、滴滴、滴滴——備料塔群又再次發出一陣警示聲響，本來閃爍的青燈，也變成了綠燈。

「完成了！」狄念祖忍不住和傑克擊了個掌，但隨即發現下一道難題——

濕婆備料只是武器，必須透過持有微型濕婆裝置的成員操縱，才能夠發揮作用，變化成武器或是巨大軀體，有如外頭那黑色康諾的狀態一般。

而微型濕婆裝置一共有八具，庫房內傑夫以及三名研究員皆有配戴，餘下四具裝置，則分別在墨三、黃才、田綾香以及糨糊身上。

不久之前，狄念祖從隨行的寧靜基地成員那不定時的戰情報告中得知黃才在飼育場戰死，持有微型濕婆裝置的人只剩下七人，此時田綾香正帶著本來應當救援袁安平的隊伍趕往備料庫房支援，墨三則獨自指揮鯨艦牽制八岐大蛇，庫房內已無戰鬥成員。

他不停切換監視畫面，盯著各路人馬的行進路線，不時提供建議。

咖啦咖啦啦——

二十八座備料塔頂蓋紛紛揭開，一陣陣濃厚的奇異氣息，自那些備料塔上方瀰漫而出。

「嘎嘎、嘎嘎嘎！」小蛇猴尖叫著，奔到其中一座備料塔下，仰頭觀望半晌，循著塔身鐵梯，三兩下攀上了塔，卻不是去注意塔裡的濕婆備料，而是探長了手，去撥弄旁邊的指示面板，像是對上頭那些會發出聲音、閃爍燈光的指示燈相當感興趣。

「怎麼辦小狄，這小臭猴賴著不走，傑夫他們無法出來操縱備料，外頭其他人對付不了那條大蛇，那是破壞神級的兵器呀！」傑克急得扒起腦袋。

「……」狄念祖思索半晌，在鍵盤上敲擊半晌，仔細檢視著庫房裡所有電腦設施，這地方是臨時設置的備料庫房，除了用以控制備料塔的電腦裝置，以及一處監視設備外，再無其他能夠遠端控制的設備。

「狄念祖，讓我做好準備，我會通知你時機。」傑夫的聲音再次傳來。「你的聲音會從擴音設備發出，對吧，想辦法說點什麼能夠引起他注意的話，將那小怪物引開。」

狄念祖與身邊寧靜基地成員互望一眼，知道傑夫的意思，他要狄念祖透過擴音設備，吸引小蛇猴的注意，自己再趁機趕去備料塔，操縱濕婆備料展開反擊。

□

「哇、哇哇——」墨三抱著鯨艦大腦，在及膝淺水裡半游半走地奔逃，後頭蛇武士的速度快上他許多，漸漸拉近與墨三間的距離，墨三不時回頭，又驚又氣地罵：「哼哼，要是在水裡，我才不怕這鬼東西！哇！」

墨三罵了幾句，突然感到懷中的鯨艦大腦發出了顫抖，回頭一瞧，駭然大驚——

蛇武士揪著了那條被墨三拉成了有如孩童胳臂粗細的鯨艦軀體，這是鯨艦大腦與龐大軀體唯一的聯繫——

喀嚓，蛇武士將之扯斷。

梯間四周的亂戰瞬時止息，失去大腦控制的鯨艦軀體，捲著蛇惡煞、大蛇的數十條觸手紛紛癱軟落進了水裡，一動也不動。

「糟糕了！」墨三驚恐叫嚷，但見蛇武士仍窮追不捨，又氣又恨地奮力奔跑，不時回頭，只見蛇武士與他越來越近。

「墨三老兄，在你前方右手邊，有處通往地下的樓梯，快往那裡去。」狄念祖的聲音自不遠處那廣播設備中傳出。

「哦——」墨三聽見狄念祖的聲音，立時鼓足全力、死命狂奔，終於奔入狄念祖所說的那轉道裡。

蛇武士緊追在後，也跟進那條轉道。

然後飛了出來，撞在外頭牆上。

他的胸口有個淺淺的凹痕，那是讓守在岔道裡的酒老頭以手肘上的鈍角撞出來的。

蛇武士蹦彈起身，竄向酒老頭，幾記狠扒眼見都要扒在酒老頭腦袋或是身體要害上，都被酒老頭抬膝拐臂地以胳臂和腿上的鈍角擋下。

「哦，這傢伙很厲害。」酒老頭後退幾步，瞥見胳臂、膝蓋上的鈍角，給蛇武士扒出深淺不一的爪痕，又見他正面捱著自己一記頂肘，卻能立刻起身還擊，知道這怪模怪樣的傢伙可比夜叉強悍許多，便出聲提醒身後眾人——黑風、貓兒、小次郎、豪強、鬼蜥。

蛇武士再次揮動利爪攻來，這次其他人可不讓酒老頭隻身迎戰，貓兒搶在最前，化出一雙貓爪，和蛇武士對了幾爪；小次郎拉著天花板上的消防管線，自空盪下，在蛇武士的肩上劈了一刀；豪強扭著豬鼻，讓胳臂生滿長刃，自蛇武士身邊撞過，將他腰側撞出一道道血痕。

酒老頭同時也再次沉膝跺步，轟地又擊出一記頂肘，擊在蛇武士胸口同處位置，再次將蛇武士擊得撞上牆壁。

「呼……呼呼……」墨三捧著鯨艦大腦，撲通一聲跳入樓梯間的水中，這才鬆了一口氣，問著同樣浮在水中的寧靜基地成員：「你們……你們怎麼剛好在這兒？」

「我們剛來不久，狄念祖透過監視設備替我們帶路。」一名寧靜基地成員嘿嘿笑地指著牆角上的監視器答：「聖泉集團財大氣粗，這裡的監視系統跟擴音設備品質一流，泡在海水裡也能正常運作。」

那寧靜基地成員還沒說完，底下樓梯咕嚕嚕冒起一陣氣泡，幾個人浮出水面，是田綾香等人，田綾香揭開呼吸口罩，望著上方一處監視器，問：「備料庫房情況怎樣？」

「庫房裡還有敵人徘徊，傑夫打算引開敵人，強行使用備料反擊。」狄念祖的聲音從擴音設備中傳出，他在冰壁機房裡見到墨三與酒老會合，便開啓這處監視器的收音裝置和鄰近的擴音設備。

「什麼，你叫傑夫別亂來——」墨三聽狄念祖那麼說，立刻大聲阻止，他說：「濕婆備料沒那麼好用，得花點時間練習，哪能現學現賣，你要他乖乖躲著，等我們引開大蛇再說——」

「這……」狄念祖語氣遲疑，說：「我也想這麼建議他，但我想不到好方法……」

我的意思是，我如果對傑夫說話，裡頭那傢伙也會聽見，我不確定那傢伙聽不聽得懂人話，如果他聽得懂，他會發現現在庫房裡躲著人……我想等水位更高一點，不管是傑夫還是各位，行動都會更順利……我想知道，水位升到腰，還需要多久？」

「腰？」田綾香望著前頭酒老頭等人與蛇武士的大戰，由於地下一樓面積寬廣，水位上升的速度遠不如底下幾層，此時水位僅高過成人膝蓋數公分，離腰間還有一段距離，田綾香說：「要升到腰，恐怕還需要十五到二十分鐘。」

「你們別亂來，等我繞回底下，找回鯨艦身體，有鯨艦掩護，大家才行動。」墨三嚷嚷叫著，抱著鯨艦大腦就要往水裡跳，突然頓了頓，轉頭望向糨糊，說：「小侍衛，你們身體能夠變形是吧，那有點用處，過來幫我！」

「好呀。」糨糊本非那麼容易聽月光以外的人指揮，但墨三這些天教他養章魚、替他救回那半死不活的母章魚，他視墨三爲好友，十分樂意跟在他身邊，他也不向田綾香招呼，便拉著石頭，一同跟著墨三下水。「大章魚要帶我們去找小章魚！」

「喂，你們……」莫莉見墨三和糨糊說走就走，急忙望了田綾香一眼，田綾香說：「墨三說的對，沒有鯨艦支援，我們不可能打贏那破壞神級兵器。」田綾香說到這裡，立刻點派幾名寧靜基地成員以及一隊蝦兵，協助墨三下水尋找鯨艦軀體。

數公尺外戰圈裡，鬼蜥鼓著嘴巴，朝那蛇武士臉面噴出一股毒汁；酒老頭一腳踹在那蛇武士腰間；黑風化作猛漢一拳擊在蛇武士胸膛；貓兒一爪扒中那蛇武士頸子——掐斷他咽喉，蛇武士這才倒進了水裡，再也起不來。

「……」貓兒看了看腰間的傷痕，又看看酒老頭胳臂和大腿上的爪傷，說：「如果只有我一人，要打贏他恐怕不容易。」

後頭小次郎等人解決了那批夜叉，聽貓兒這麼說，不免有些驚訝，大夥兒知道貓兒和月光屬於不同梯次的女僕計畫，都是聖泉集團裡提婆級兵器，倘若這蛇武士連貓兒都感到棘手，那餘下七個蛇惡煞，可沒那麼容易對付。

「啊！」狄念祖突然大叫一聲：「那猴子發現躲著的人了！」

冰壁機房裡所有人，都清楚見到本來攀在備料塔上東張西望的小蛇猴，突地尖叫一聲，一個觔斗躍下塔，竄出了監視畫面。

跟著眾人聽見一聲慘嚎，是一名研究員的呼聲，狄念祖立時開啓備料庫房的擴音設備，大叫大嚷起來：「猴子、猴子，看這邊、看這邊！」傑克也在一旁幫腔吼叫：「臭猴子，來、過來，我跟你單挑，我是世界上最聰明的特務貓，你是世界上最噁心的臭猴子！」

「嘎！」小蛇猴果然被擴音設備發出的聲響吸引，又躍回畫面內，直撲監視鏡頭。他的手上，提著那研究員的人頭。

「哇，你這臭猴子！」傑克看得毛骨悚然，仍不甘示弱地吼著：「你給我聽好，你——」

傑克還沒說完，那奔至監視器下方的小蛇猴，陡然躍出水面，飛撲而來，一爪扒落那監視器以及掛在監視器旁的一具擴音設備。

磅磅喀啦啦啦！一陣破壞聲響乍起，那小蛇猴正破壞著擴音設備和監視器。

「傑夫！」狄念祖在那監視器鏡頭被小蛇猴踏毀前最後一刻，瞥見一個影子自遠處閃出，竄向一處備料塔。

跟著，備料庫房的監視畫面一片漆黑，小蛇猴踩壞了監視器。

CH11 攤牌時刻

「哥！」斐少強站在一處高塔上，從口袋裡掏出一枚特製煙火，拉動機關，向上發射。

天空炸出一陣燦爛火花。

廣場上的居民掀起響徹天際的歡呼，有些人跳、有些人笑，他們以爲空中那火花是勝利的訊號。

不久之前，他們的情緒才從地獄攀升到天堂、從絕望轉變成狂喜——他們從廣場舞台那大螢幕上，清楚見到袁唯現出眞身之後，以聖火燒毀了奈落王之女，跟著，黑色康諾發狂了，驅使著黑龍黑蛇，揮動著大武士刀，猛烈追擊著袁唯的眞身。

在一陣驚呼聲中，巨大的黑色康諾一把抓住了袁唯眞身，康諾大手立時噴出一陣陣黑霧。

那時，袁唯安然地躲在黑色康諾大手和黑霧裡，透過通訊設備與吉米聯繫，關切著袁燁的行動。

袁唯對於弟弟的叛逆行徑感到遺憾，但他的大戲進行到了最高潮，無法親身處理。

在袁唯眞身被黑色康諾的大手緊緊抓住後不久，那巨大的、美麗的金銀巨體，漸漸開始崩壞傾毀，廣場上居民見到黑色康諾大手掌緣淌下一片鮮血，又見到巨體崩壞，頓時哀聲震地，許多人絕望得昏厥倒地，在那一刻，大夥兒似乎感到最後的希望都滅絕了。

但隨即而來的畫面，又令他們重新燃起了希望——

黑色康諾以左手搭著右手，痛苦不堪地跪了下來，將握著袁唯的右手，顫抖地斜斜向上舉起。

黑色大手虎口處炸出一陣耀眼光芒，袁唯在那光芒中重新站了起來，他的左肩一抖，巨大的左臂重新長出，一把握住黑色康諾本來握住他的右手腕，跟著右肩也一抖，竄出同樣巨大的胳臂，他像是先前那樣，發動梵天基因，讓背後竄出金銀骨架、肌肉，構成巨大胴體，再發動濕婆基因，在巨體外披覆上一套比先前更加華麗莊嚴的衣飾和銀亮盔甲——

「我，是永生不死的。」袁唯的聲音再次迴盪在廣場上，所有居民舉手歡呼，袁唯繼續說著：「邪惡的康諾，我讓你親眼見到了，即使你抓住了我的心、我的靈魂，你仍然殺不死我。」

「不可能、這不可能……」黑色康諾大聲哀號著，操著動畫裡的反派魔王的語調，淒厲吼叫：「你不可能那麼厲害，我明明捏碎你……」

烈燄在黑色康諾的手腕上竄開，沿著黑色康諾胳臂，席捲上他全身，將數層樓高的黑色康諾，燒成猶如一座火山般。

黑色康諾在烈火中仰起腦袋、淒厲咆哮，攀在他身上那些奈落魔兵們，在鄰近的指揮小頭目的命令下紛紛鬆手，向下跌落。

「今天，是神力降臨之日，亦是魔王隕落之日。」袁唯揚起右手，華麗的袖子裡竄出五色光流，又凝聚成一柄閃耀寶劍。「這一劍，是神給你的罰。」

袁唯一劍橫斬，黑色康諾那燃火腦袋飛離了身子，炸落在奈落魔兵堆中。

袁唯鬆開手，黑色康諾那無頭巨體也歪斜斜地倒落。

「嘎——」底下成山成海的奈落魔兵們發出了震天慘嚎，轉向後退，四處竄逃。

「神帶領我們反攻！反攻——」聖泉的夜叉團、武裝部隊開始對那些竄逃的奈落魔兵展開追擊，混雜在奈落大軍中的指揮小頭目們，收到指示後，紛紛按下藏在口袋裡那控制儀器上的「終結」鍵。

這些奈落羅剎體內，都植入控制裝置，接收到「終結命令」之後，會指示他們轉向撤退，同時也讓他們腦內產生強烈的痛楚，大幅降低他們的戰鬥力量。

「嘎、嘎嘎——」羅剎們哀號著，連滾帶爬地向後敗退，他們不知道該退去哪兒，當中有些性情頑劣仍想反抗者，在那「終結命令」的作用下，也完全不是聖泉追兵的敵手，不是被夜叉殺死，就是被武裝士兵開槍擊斃。

天上的羅剎大軍更是一片混亂，腦袋發出劇痛的飛天羅剎，在空中胡亂衝撞，紛紛墜落下地，便連數隻古魔天狗，也抱頭咆哮起來，他們的腦袋裡同樣也裝有命令接收器，同樣也接收到了終結命令。

「勝利了，我們勝利了——」舞台上神之音主持人淚流滿面、破音嘶吼。「神蹟出現了！」

「我，仍願意，爲你祈禱。」袁唯將手中聖劍插在地上，單膝跪了下來，對著黑色康諾癱倒在地、猶自燃燒的巨大身軀祈禱一番，跟著起身、抬手拭淚。數架空拍直升機，從各種角度拍攝著袁唯。

袁唯對著其中一架負責拍攝特寫的直升機，微微一笑。

「大家看，神笑了！」神之音主持人指著巨大螢幕。「神對我們笑了，大家看到了沒有，這是神的恩典！」廣場上掀起一陣又一陣的歡呼。

「大家，辛苦了。」袁唯微微笑著，揚起手，朝著廣場的方向揮手。「我的力量，來自你們的聲援、你們的誠意、你們的愛。」

響徹天際的歡呼聲中，夾雜著此起彼落的驚叫。

某些人看見了袁唯右臉上那一閃即逝的奇異怪狀。

袁唯自己也看到了。他此時有數層樓高，能夠看見遠處廣場上的大螢幕上自己的特寫畫面，他一直在留意著自己在鏡頭裡的英姿。

他伸手撫了撫臉，呆了呆，臉上毫無異狀。

「這段時間，由於康諾的野心，造成了世界上動盪不安……」袁唯喃喃說著，按照計畫，他在解決黑色康諾之後，會進行一段數十分鐘的演說。「身爲聖泉集團家族一員，我，痛心疾首；無數個夜晚，我，輾轉難眠。我，看著世人受苦、我，看著生靈塗炭；我，立下重誓，一定要，擊敗康諾，拯救世人……但我沒有力量，我是那麼地渺小，我對自己的身體，進行了一次又一次的改造，終於，在某個夜晚，一股超越科技、超越一切的力量，進入了我的身體，我相信，或許是我的執念，感動了上天。天看見，我的鍥而不捨；天知道，我需要力量。於是，天賜給了我力量——」

「天，挑選了我……」袁唯說到這裡，激動地揚起雙手，握拳一呼，同時仍然留意著遠處巨型螢幕牆上的畫面。

他駭然再次地撫了撫臉，他又見到臉上閃現的異狀。

在他臉上兩次一閃而過的奇異圖樣，是一張人臉。

這突如其來的異狀，干擾了他的演說，他呆然半晌，才回過神，繼續說：「我，接連幾個夜晚，都聽見有個聲音，在我耳邊細語，那聲音，十分和藹，像是神的呢喃，祂說：『孩子，記住，你是……神選之人，你是……』」

袁唯再次閉口，望著自己的手掌，他的手掌上，有個東西浮凸了數下，像是想要破掌掙出。「這是怎麼回事……」

袁唯在尚未切換通訊設備的情況下，呢喃自語，他的聲音透過擴音設備傳至廣場上，自然，成千上萬歡欣鼓舞的居民們，大都沒有聽出袁唯話語裡的異狀。

斐少強聽出來了。

他含著眼淚笑著，領著殘存的獵鷹團成員，飛向海洋公園一處高塔，對空打出信號煙火，引發廣場居民一陣歡呼。

「哥……」斐少強轉頭，望向地底實驗室正門的方向，斐漢隆帶領著突擊隊，在那兒與聖泉守軍死戰多時，拖延著聖泉大量守軍，以減低田綾香等深入地底作戰的隊伍的負擔。

「溫妮成功了。」斐少強指著袁唯，捧腹大笑，笑得哭了。「哥，溫妮成功了——」

「怎麼回事？」袁唯總算在巨體中切換了通訊裝置，向廣場後台裡的神之音成員詢問：「這是怎麼回事？」

「袁先生，你的意思是？」負責應對的神之音成員自然不明白發生了什麼事。「出了什麼狀況嗎？」

「我的身體……」袁唯顯得有些慌亂，他感到自己的身體裡像是有著什麼東西快速成長著。他瞥見遠處佇在高塔上的斐少強，突然想起了溫妮，他猛然一驚，低下頭四處張望，像是想要尋找溫妮的身影。

溫妮的身體早被袁唯以阿耆尼基因的烈火燒成一片焦黑，落進亂軍之中，被夜叉和羅刹踏成了爛泥，他自然什麼也找不到。

「妳……妳對我，妳對我的身體做了什麼？」袁唯喃喃自語。「毒？下毒？不可能，我的身體不怕毒……我不是將毒液逼出體外了嗎？」

「喂喂、喂喂喂……」斐少強接過獵鷹隊夜叉遞來的通訊裝置，測試著聲音，在先前的游擊戰中，部分獵鷹隊成員對海洋公園裡部分擴音設備動了手腳，讓斐少強也能透過手中的通訊設備，利用那些擴音器發聲。

「神呀，你搞錯了，那不是毒藥。」斐少強哈哈笑著，一見遠處鳥人包抄而來，立刻領著幾名獵鷹隊夜叉飛躍下高塔，四處竄逃。「你想知道怎麼回事嗎？」

袁唯意識到自己的聲音透過麥克風傳了出去，又聽見斐少強應話，知道身體上的異狀，確實是溫妮所爲，儘管氣憤焦惱，卻也不敢答話，只得暗中切換通訊頻道，對神之音總部下達命令，連問數聲，都得不到回應，才想起此時神之音總部裡的成員早已被袁燁殺盡，只好轉而向祈福廣場後台吩咐：「你們快點下令，把斐家那些蟲子抓起來，千萬記得，我要活口，不要死屍。另外快召集一隊醫療小組，我立刻就要用到……他們，他們對我的身體動了手腳……我要提前結束活動，走備用劇本……」

祈福廣場那巨大螢幕上，播放起袁唯這段時間帶領聖泉與康諾作戰的點點滴滴，搭配感人配樂和主持人激情旁白，許多居民都紅了眼眶，沒有太多人注意到袁唯的異樣言行。

「咳、咳咳……」袁唯捂住嘴巴，咳了幾聲，一架空拍直升機在後台神之音成員指示下，將鏡頭重新對準袁唯，廣場上大螢幕又出現袁唯的身影。

「神？神怎麼了，神？」主持人同樣接收到後台的通知，準備帶入袁唯構思中的某個悲情路線腳本，在這個腳本裡，袁唯和奈落魔王大戰之後會再次負傷命危，透過即時轉播，在全球數以千計的祈福廣場上那陣陣祈福聲中，緩緩地復元。

這個備用方案本來的功用，是進一步帶動全球祈福廣場上群眾的情緒，畢竟這重要造神大戲包含了一連串的演說和動作場面，中間若是出現某些技術上的失誤，群眾的情緒可能會受到干擾。啓動備用劇本，便可以再一次凝聚人心，將氣氛提升至高潮。

「邪惡的康諾……在臨死之前……」袁唯摀著心口，喃喃地說：「對我下了邪惡至極的毒。」

「神，我說過了，那不是毒啦，沒人對你下毒！」裴少強的聲音再次迴盪在海洋公園之中。「那是寄生蟲，溫妮姊成功將寄生蟲打進你的體內了，剛剛你臉上那張鬼臉就是最好的證據——」

「什麼？」袁唯聽見裴少強插話，驚訝之餘更是盛怒至極，一來氣這群裴家軍不正面迎戰，像個蒼蠅般仗著速度搗蛋；二來氣自己不該受那溫妮引導，現出真身迎敵，才中了溫妮計謀。但那時他若躲在巨體中不出，卻又拿極速飛竄的溫妮沒轍，大戲一樣會受到干擾。

「……」袁唯儘管心中暴怒，但仍沉住氣，暗自切換通訊頻道，吩咐廣場後台人員，調動更多夜叉、鳥人軍團，前往圍捕裴家兩兄弟，但無論如何卻要留下活口——袁唯得弄清楚這裴家到底對他身體做了什麼。

「你現在是不是感覺身體裡有許多東西要往外頭跑？」裴少強回頭，見到緊隨在後的獵鷹隊成員，又有兩名被四面殺出的鳥人撲倒、圍殺，轉頭看看四周，此時跟在身邊的獵鷹隊夜叉只剩下三個了，他環顧四周，見到前後左右所有去路都堵滿了夜叉甚至是阿修羅，不禁哈哈一笑，指指上頭，說：「不跟他們地面戰了，裴家的榮耀，還是在天空。」

斐少強說完，倏地飛空竄起，他的速度僅較溫妮慢了些許，一手持著通訊對講機、一手握著一柄衝鋒槍，飛快竄升、四面開火，他體內的鳳凰基因本便是高速狀態，雖然不及赴死前的溫妮，但要擺脫天使阿修羅和鳥人也已足夠。

四面八方的鳥人大軍圍向斐少強，將他身後的三名獵鷹隊夜叉一一殺盡。

「袁唯，你脖子上那東西瞪著你耶。」斐少強繼續飛升，不時轉頭望向遠處袁唯巨體。

「！」袁唯聽見斐少強這麼說，果然感到脖子上有種異樣感覺，反射性地伸手一摸，駭然大驚——

那是一張人臉。

廣場上居民這次看仔細了，紛紛發出驚呼，他們的呼聲未停，畫面立時又被切換回剪輯影片，神之音主持人急忙安撫著上萬群眾。「邪惡可惡的康諾，對我們的神下了毒，我們得凝聚力量，全心幫神祈禱，幫神抵抗那邪惡毒咒——」

「要我說幾遍啊，那不是毒，是寄生蟲！」斐少強哈哈大笑，一連繞開三隻天使阿修羅和無以計數的鳥人大軍，繼續向上飛升。「袁唯，你聽好了，你身體裡那些東西，是我們斐家這段時間耗盡心力，專門替你打造的祕密武器——」

袁唯仰頭望著天空，已經看不見斐少強的身影，但他的聲音仍透過海洋公園裡十數只被侵入的擴音設備發出。袁唯咬牙切齒，一面想催促手下趕緊破壞那些被強佔的擴音器，一面又想聽斐少強講個明白，他此時身體裡的怪異感覺已經到達了極限，他想弄清楚自己的身體究竟發生了什麼事。

「唔！」袁唯突然感到背後一癢，背後唰地竄出一個畸形軀體，那軀體只有一條胳臂，沒有腦袋，但胸前腹間生著好幾張臉——

斐姊的臉、斐霏的臉、斐少強的臉、斐漢隆的臉。

也有溫妮的臉。

「這是我們斐家對你的復仇——這些寄生蟲，融合我們整個斐家家族的基因樣本，連被你殺害的袁家叔伯的基因樣本都在裡頭，這全部都是你造的孽，現在通通回報在你身上。」斐少強這麼說著，此時他的身邊幾乎只聽得見風聲，其他聲音幾乎細不可聞。

斐少強長長吁了一口氣，減緩了飛勢，此時他身處於九千公尺的高度，這個高度裡的氧氣含量比平地稀薄許多，他感到胸口有些窒悶，他的彈藥已經用盡，便拔出腿側刀袋裡的軍用獵刀，望向下方緩緩追來的天使阿修羅和鳥人大軍。

他儘管有些不適，但他知道那些天使阿修羅和鳥人大軍，更加不擅長在這樣的高度下作戰——而他卻為了這一天，早已演練過無數次，有幾次甚至差點喪命。

「不可能、這不可能！」袁唯驚駭地轉身想甩脫那畸形上半身，但那身軀長在他後背上，還甩動一條淌血胳臂，勒住袁唯的頸子。

「嘩——」廣場上居民們又掀起一陣騷動，他們雖然無法透過舞台上的大螢幕見到袁唯的畫面，但此時所有人紛紛回頭，直接望向遠處那數層樓高的袁唯巨體，這自袁唯巨體後背長出的半身人太過醒目，立刻吸引了所有人的注意。

「邪魔，滾出我的身體！」袁唯暴喝一聲，反手揪住那半身人的軀體，猛力一扯，將那傢伙整個扯離他巨體後背。那傢伙腰部以下只連著一條怪異脊椎，淌著異色濃血，被袁唯拋在地上，不住蠕動掙扎著爬向袁唯，數張面孔全怒瞪著袁唯，像是與他有著深仇大恨一般。

「袁唯，你一定很好奇。」斐少強竄入鳥人大軍裡，一面揮動獵刀，斬殺那些不適應超高空作戰的鳥人們，一面不時對著通訊設備說：「杜恩將你的身體造得幾乎天下無敵了，你的身體不但擁有永生基因，還擁有著能夠抵抗各種毒物、病菌的防禦系統，卻爲何會被這寄生蟲入侵，對吧！」

袁唯拔出插在黑色康諾屍身旁的巨劍，想要斬殺眼前那生於他背部的怪東西，聽斐少強這麼說，立時停下動作，仰頭往天上看。

「很簡單，因爲這些寄生蟲除了融合了我們斐家基因之外，也融入了你自己的基因。」斐少強哈哈大笑說：「你那天下無敵的身體裡的免疫系統，把這些寄生蟲視爲偉大的你的一部分，這些寄生蟲和你共享你的一切，共享你的梵天、共享你的毗濕奴和濕婆，現在你知道你麻煩大了吧。」

「不可能！」袁唯怒吼，揮動大劍，一劍斬死試圖往他身上爬的那畸形半身人。

「你們怎麼可能會有我的基因樣本！」

「怎麼不可能？」斐少強答：「我不是說了我們爲了打造這祕密武器，耗盡心力、動用一切資源嗎？」他說到這裡，頓了頓，一刀割斷一隻鳥人頸子，才答：「我們甚至跑了一趟南極。」

「南極……不可能。」袁唯猛然一驚，南極基地裡確實有著大量他的基因樣本，那是供杜恩研發他身上梵天、毗濕奴、濕婆等三大基因之用。「那個地方，豈是你們說去就去的，那個地方……難道、難道……」袁唯說到這裡，語音不免有些顫抖，像是想到了一件未曾想過的事。

「袁唯老兄，你眞的以爲你想當神，全世界都服氣？」另一個聲音陡然自祈福廣場上的擴音設備傳出，那是狄念祖的聲音。同時，大螢幕牆上，也出現了狄念祖的視訊畫面。

「這……這怎麼回事？」舞台上的主持人驚慌嚷嚷著，對著後台的方向比手畫腳起來，後台那兒的神之音成員自然也是不知所措——原來狄念祖在失去了與傑夫的聯繫後，轉而將目標放回地面，那祈福廣場上用以控制轉播的電腦系統，是臨時架設出設備，不受冰壁保護，狄念祖三兩下便成功入侵，取得了核心控制權。他將自己的視訊畫面投射在大螢幕上，又將數個袁唯的特寫畫面也並列在自己畫面左右。

此時廣場上所有人，都清楚透過螢幕上的特寫畫面，見到袁唯臉上、脖子上、肩膀上、竄出的各式各樣的怪傢伙，有的嘶啞哀號、有的暴躁憤慨、有的揮拳搥打袁唯的臉、有的痛哭流涕地啃噬袁唯那身華麗盔甲。

「不准拍——」袁唯指著天空那些直升機暴怒大吼，身上所有的寄生蟲也跟著大聲怒吼起來，形成一幕詭異畫面。

空拍直升機上的攝影人員立時關閉了攝影機，但底下的狄念祖也隨即將畫面切換到鄰近的監視攝影機。聖泉這批昂貴的監視攝影機，不僅能夠調整機身方向改變拍攝角度，甚至有焦段切換功能，具備一定程度的望遠效果，儘管拍攝效果比不上更加昂貴的專業攝影機，但袁唯那巨大梵天身影，已是綽綽有餘。

「你算老幾？你說不准拍，我偏要拍！你現在的一舉一動，已經傳遍世界各地了！」狄念祖對著筆電上的視訊設備怒罵，連傑克也湊上鏡頭，喵嗚大罵：「袁唯，你這個變態神經病，你以為自己是神，我們只當你是笑話！你這個笑話講出來的廢話眞是噁心到家，我聽得都想吐了喵！」

「好啦，走開！」狄念祖推開傑克，繼續說：「全世界的人聽好，不要被袁唯騙了，這個騙子從頭到尾都在說謊，這些日子以來四處殺人、破壞城市的怪物，全都是袁唯派出來的，他想當神想瘋了，整件事全是他一手自導自演！其他國家的聖泉部門聽好，袁唯為了控制整個聖泉集團，軟禁自己的大哥袁安平，這個傢伙，根本不是神，他是個大騙子——」

「還是個噁心的自戀狂！」傑克擠在狄念祖臉旁揮動爪子怒吼。「袁唯，你快滾過來吃我的屎——」

「關掉螢幕、切斷衛星連線！告訴世人，是溫妮對我下毒，是邪惡的康諾對我下毒……是……杜……杜恩老師，他背叛我，他聯合康諾對我下毒！」袁唯憤怒大吼，巨體上不停鑽出的寄生蟲更加躁怒，他索性棄了這梵天巨體，破體而出，躍在地上，東張西望，一時卻不知該去何方。

杜恩提供了微型濕婆的製造方法，也同時提供了南極基地的潛入方法，深海神宮和寧靜基地的戰力不足以遠征南極，但斐家卻還有足夠的資源，在溫妮的率領下，他們祕密潛入南極基地，以杜恩提供的各種密碼，突破重重關卡，取得重要資料，包括了袁唯的基因樣本，這才能夠打造出這個專門對付袁唯的寄生蟲。

袁唯即便離開梵天巨體，也擺脫不了已經在他體內生根的寄生蟲，這些寄生蟲同樣享受到毗濕奴基因的作用，在袁唯體內快速繁殖、成長，不停向外竄爬，他們懷著對袁唯的怨怒，一爬出袁唯身體，便憤怒地試圖攻擊袁唯。

「滾、滾開——」袁唯透過通訊裝置，對著祈福廣場後台的神之音成員暴吼：「我要的醫療團隊你們準備好了沒？立刻幫我檢查身體！我要你們切斷衛星連線，我不許讓這裡的一切訊息傳到外面，有必要的話，廣場上所有人全都殺光，我不要他們了——」

祈福廣場上發出了巨大的譁然，儘管袁唯切換了通訊頻道，但這段話卻被狄念祖攔截下來，在後台人員還急忙忙地召集資安人員處理電腦系統的當下，同步傳到廣場上的大螢幕上。

「不不不……大家聽我說……」舞台上的主持人腦袋早已一片空白，一手握著麥克風、一手抓著頭髮，喃喃地試圖對底下傻眼的居民解釋些什麼。

「你們這些不停搗蛋的傢伙，到底在哪裡？」氣瘋了的袁唯再次發動梵天基因，又長成了數層樓高的巨大軀體，此時他全身攀滿了各種古怪人形寄生蟲，那些怪模怪樣的傢伙隨著他的身體變大而變大，虛弱、哀號、痛苦、憤怒地攀著他的身體，搥打、噬咬著他的身體。

「通通給我出來——」袁唯咆哮怒吼。

「好，你等等。」狄念祖哼哼地答，跟著轉頭望向月光、果果等人，又看看埋伏在廊道間的酒老頭、田綾香等人，以及已經抵達地下二樓梯間轉角，逼近鯨艦巨體的墨三和糨糊等人，說：「各位，現在是我們向袁唯算總帳的時候了，他欠我們的、害我們受的苦，現在讓我們一次討回來。」

「連本帶利討回來！」傑克揚開雙掌，彈出利爪。「喵吼——」

《月與火犬》13 完
敬請期待完結篇

國家圖書館出版品預行編目資料

月與火犬13／星子 著；.—— 初版. ——台北市：
蓋亞文化，2014.02-
冊；公分.——（月與火犬；13）（悅讀館；RE293）

ISBN 978-986-319-078-3 (平裝)

857.7　　100005358

悅讀館 RE293

月與火犬 13

作者／星子
插畫／Izumi
封面設計／克里斯
出版／蓋亞文化有限公司
地址◎台北市103赤峰街41巷7號1樓
電話◎（02）25585438　傳眞◎（02）25585439
網址◎www.gaeabooks.com.tw
電子信箱◎gaea@gaeabooks.com.tw
郵撥帳號◎19769541　戶名：蓋亞文化有限公司
法律顧問／十方法律事務所
總經銷／聯合發行股份有限公司
地址◎新北市新店區寶橋路二三五巷六弄六號二樓
電話◎（02）29178022　傳眞◎（02）29156275
港澳地區／一代匯集
電話◎（852）27838102　傳眞◎（852）23960050
地址◎九龍旺角塘尾道64號龍駒企業大廈10樓B&D室
初版一刷／2014年2月
定價／新台幣 220 元

Printed in Taiwan

ISBN／978-986-319-078-3

RE293
GAEA

月與火犬 13

蓋亞文化　讀者迴響

感謝您在茫茫書海中選擇了蓋亞，您的支持是我們最大的動力。
不要缺席喔，讓我們一起乘著夢想的羽翼，穿越時空遨遊天地！

姓名：	性別：□男□女	出生日期：　年　月　日
聯絡電話：	手機：	
學歷：□小學□國中□高中□大學□研究所	職業：	
E-mail：		（請正確填寫）
通訊地址：□□□		
本書購自：　縣市　書店		
何處得知本書消息：□逛書店□親友推薦□DM廣告□網路□雜誌報導		
是否購買過蓋亞其他書籍：□是，書名：		□否，首次購買
購買本書的動機是：□封面很吸引人□書名取得很讚□喜歡作者□價格便宜□其他		
是否參加過蓋亞所舉辦的活動： □有，參加過　場　□無，因爲		
喜歡出版社製作什麼樣的贈品： □書卡□文具用品□衣服□作者簽名□海報□無所謂□其他：		
您對本書的意見： ◎內容／□滿意□尚可□待改進　◎編輯／□滿意□尚可□待改進 ◎封面設計／□滿意□尚可□待改進　◎定價／□滿意□尚可□待改進		
推薦好友，讓他們一起分享出版訊息，享有購書優惠 1.姓名：　e-mail： 2.姓名：　e-mail：		
其他建議：		

◎請沿虛線剪開、對摺、裝訂後寄出

廣告回信　郵資免付
台北郵局登記證
台北廣字第675號

GAEA 蓋亞文化有限公司　收

103 台北市赤峰街41巷7號1樓

Gaea

GAEA